CW00819317

La Force
d'attraction

J.-B. Pontalis

La Force d'attraction

Trois essais de psychanalyse

Éditions du Seuil

Cet ouvrage a été publié en 1990
dans la collection « La Librairie du XXᵉ siècle »
dirigée par Maurice Olender aux Éditions du Seuil.

ISBN 2-02-038981-9
(ISBN 2-02-012428-9, 1ʳᵉ édition)

Il en est d'un livre comme d'un rêve ou d'un transfert. Pour qu'il prenne corps, il lui faut une circonstance déclenchante.

En l'occurrence, la circonstance fut double. D'abord la proposition, déjà ancienne, que m'a faite Maurice Olender de rejoindre les auteurs de sa « Librairie ». Puis l'invitation, toute récente celle-là, du Centre Thomas More à venir « parler psychanalyse » face à un auditoire et dans un lieu qui, m'étant étrangers, étaient d'autant plus présents.

A ceux qui m'ont accueilli au Centre Thomas More comme à ceux qui m'ont aidé à préciser mon propos, en tout premier lieu Jean-Claude Rolland, André Beetschen, Henri Normand et Charles Juliet, je dis ma gratitude.

Cet essai leur est dédié.

J.-B. P.

L'attrait du rêve

L'anachronique

Il prenait un plaisir manifeste à évoquer son enfance. A l'*évoquer*, d'une voix enjouée, souvent musicale, parfois comme effacée, à l'appeler pour la maintenir présente, et non à la raconter pour organiser le passé et lui conférer un sens à partir de fragments et de traces. Il l'évoquait par petites touches, car c'est le temps des qualités sensibles qui le retenait et qu'il voulait tenir – comme on tient une main – plus que celui d'une histoire. Un temps enclavé dans un lieu, ce jardin touffu de Passy avec ses fleurs odorantes et ses arbres chargés de fruits, à l'écart de la ville ; une maison dénommée *Parva sed apta* [1] ; des jeux tout simples : le bouchon, la balle au camp ; une brouette qu'il poussait d'une porte à une autre

9

et à laquelle il vouait un culte particulier, comme si elle était ce qui le faisait voyager mais sur place ; une petite fille un peu frêle qui habitait la maison voisine ; des refrains populaires et des onomatopées au bruit de brisure : « cric crac » ; des mots d'une langue qui n'était pas tout à fait la sienne : ses parents étaient venus d'Angleterre.

Et puis une mare qui le fascinait, la mare dite d'Auteuil, peuplée d'animaux insolites, de petits reptiles, de salamandres, de préhistoriques têtards, comme s'il lui fallait remonter toujours plus loin dans le temps. Il m'entraînait là, dans ce temps révolu, aux strates multiples, dans ce lieu qui me paraissait d'un autre âge et même d'une autre ère géologique. Je l'aurais volontiers baptisé, lui, l'anachronique ou l'inactuel.

Parfois il interrompait son évocation par ces mots : « Je n'avais pas encore appris à rêver. » Formule étrange que je laissais en attente, sachant seulement que, de la part de cet homme si ouvert aux sensations fragiles, qu'elles émanent d'un organe des sens ou d'un autre, il ne pouvait s'agir d'une quelconque volonté de maîtriser l'inconnu. Non, ce n'était pas l'homme des « rêves dirigeables » dont a parlé Ferenczi après Hervey de Saint-Denys.

De cette évocation, trop vive pour qu'elle me paraisse idéalisée, des jours et des jeux de Passy, de ces impressions insignifiantes dont après coup nous ferons nos « signifiants », de ces mille riens à jamais déposés en lui, précieux comme un trésor, ne se dégageait pour moi qu'une certitude : Peter aimait son enfance, elle était son objet d'amour. Non pas l'enfant qu'il avait été, ni même au premier chef, pensais-je, ceux qui l'avaient alors entouré – ses parents, les voisins, la petite fille souffreteuse – mais bien l'*état d'enfance,* un monde clos comme le jardin et infini comme l'univers. Il l'aimait sans complaisance, avec une manière de gaieté. Je n'y voyais pas de nostalgie. Les années passées là étaient plutôt de grandes vacances dont on attendait le commencement et dont on voudrait ignorer la fin. De cette enfance on eût dit à la fois qu'elle était très distante de lui et qu'il cherchait moins à la revivre qu'à me la rendre proche pour que je la lui restitue en la réanimant ; on eût dit qu'il tentait de me la faire partager. Partager, réanimer, tels étaient bien les mots qui me venaient.

Peter était grand, athlétique. Sa force devait être considérable. Mais j'avais autant de mal à me la figurer, tant ce long corps étendu était calme, paisible, que j'en avais à me le représenter gamin.

Un jour donc, le temps de l'enfance avait pris fin. La maison, le jardin avaient été quittés. Mais, si disert, si incroyablement loquace sur les menus faits qui avaient rempli ces années-là, c'est presque en passant, sans y toucher, que Peter me livra le motif de cette brutale séparation : la mort de ses parents, à quelques jours de distance, le père par l'explosion d'une lampe de son invention (ah ! ces Anglais !), la mère après avoir accouché d'un enfant mort. Rien là qui fût présenté comme une catastrophe en chaîne mais quelque chose comme un évanouissement, une discrète disparition, un *effacement* qui continuerait son œuvre silencieuse, niant toute violence subie. Peter à plusieurs reprises m'avait dit, parlant des animaux, que la cruauté lui faisait horreur.

La violence, reconnue celle-là, fut dans les conséquences. Il avait fallu partir, retourner en Angleterre. Un oncle avait recueilli l'enfant (« J'étais devenu orphelin en moins d'une semaine », me dit-il un jour comme si de rien n'était), avait entrepris de le civiliser, d'en faire un gentleman, lui avait donné son nom. Changement de nom, changement d'état, changement de langue. Inacceptables pour celui qui tient, parce que cela le tient, à ce que *rien ne change* et qui ne consent à se défaire de rien.

A l'époque où je le rencontrai, Peter était devenu un architecte apprécié, habile dans l'art de la construction, sociable et solitaire, porté vers la mélancolie, faisant état – je le cite – de pénibles « flux et reflux alternés de l'humeur ». Cette année-là, je préparais un numéro de la *Nouvelle revue de psychanalyse* qui devait avoir pour titre « L'humeur et son changement ». Comme il arrive alors, j'avais en tête ce mot que notre médecine d'aujourd'hui et les neurosciences ont rendu quelque peu désuet, cherchant à la fois à en cerner et à en déployer le sens, quand j'entendis Peter me déclarer qu'il ne pouvait échapper à cette alternance épuisante et imprévisible de l'humeur, à ce balancement qu'il subissait, que par « les portes du sommeil sans rêves » : ce qu'il appela « la mort pendant la vie ». Et sur un feuillet, voici que je me surpris à griffonner *humère*, avec, devant ce pseudo-lapsus, le sentiment d'une évidence aussi probante et illusoire que celle que nous avons parfois en rêvant : l'alternance de l'humeur ne serait-elle rien d'autre que l'alternance de la mère, cette mère dont nous avons cru capter l'attention, le regard, *tout* l'amour, et qui soudain est occupée par autre chose, absorbée par on ne sait quoi et, plus intolérable, par *elle* ne sait quoi, comme égarée, au point de nous exclure de « notre » monde pour nous rabattre sur un réel inanimé ? Dans son regard qui a fait retrait, nous ne voyons plus un miroir dans lequel nous pouvons nous reconnaître ; nous voyons de l'ailleurs, de l'étrange, nous découvrons une absence sans remède. Après quoi il nous reste – issue « heureuse » – à construire, comme l'architecte Peter, qui aimait aussi griffonner pour son plaisir d'innombrables dessins, à moins que nous ne trouvions un ultime refuge – issue mélancolique – en rejoignant la mère, mais une mère morte, dans le « sommeil sans rêves ».

L'opération freudienne

Plus d'un aura reconnu mon patient. C'est le héros d'un roman dont on fit un film (en une adaptation très libre qui, par ce qu'elle a de « naïf » par rapport à l'original, plus complexe, en accentue la force de conviction), un roman de George Du Maurier paru en 1891 et que traduisit cinquante ans plus tard Raymond Queneau [2]. J'ai déjà fait allusion à *Peter Ibbetson* en d'autres circonstances. Si je reviens vers lui, c'est que je trouve son héros singulièrement *attachant*, c'est aussi parce que, sans que je m'en sois tout de suite aperçu, il m'a fourni mon titre : « L'attrait du rêve ». L'attrait, au sens du charme qui émane de certains objets, lieux ou personnes et qu'on répugne à traduire en mots comme s'il risquait alors de se dissoudre et d'effacer l'effet de captation, et au sens plus actif de force d'attraction, cette force d'attraction que Freud attribue au refoulé, à l'infantile, au visuel et... à la mère [3].

La force d'attraction qu'exerce le rêve – mais, notons-le, le « rêver » comme *état* plus que le rêve comme produit –, les romantiques allemands l'ont connue avec une extrême insistance. L'onirisme, la fascination par un autre monde qui est aussi l'outre-tombe, l'aimantation par la face nocturne de notre existence, par un au-delà de ce réel que définit la perception vigile et commune, le rêve comme visionnaire, révélation, instrument de connaissance, comme poésie involontaire enfin, c'est chez eux, ou, avec plus de grâce fluide, chez Nerval, que le culte en est célébré par les poètes, les conteurs et les penseurs. Lisons le beau livre, un peu négligé aujourd'hui, d'Albert Béguin, *L'Ame romantique et le rêve*.

Un psychanalyste ne peut qu'être troublé par sa lecture. D'un côté il y trouve invoquées, presque à chaque fragment cité, en opposition à un rationalisme impérieux toujours enclin à récuser la « folle du logis », non les séductions de l'irrationnel, mais la puissance de l'imagination que Baudelaire qualifiera de « Reine du vrai », outrepassant donc les pouvoirs de la « Reine de la nuit » (cette figure féminine du « malin génie trompeur »). Si elle règne sur le *vrai*, est-elle encore diabolique ? Ne serait-ce pas plutôt la Raison qui l'est devenue ?

Mais, d'un autre côté, nous voyons que ce qui anime cette admirable exaltation du rêve, c'est une aspiration à l'indivis, à l'unité, à l'harmonie, une volonté de rendre perméables les frontières du réel et de l'imaginaire, comme si le rêveur libérait de sa finitude l'être conscient, délibérément assujetti au seul réel, et lui permettait dans une sorte d'ek-stase de franchir les limites de son individualité séparée pour faire de nouveau un avec la Nature.

En une formule un peu abrupte, je dirai que le rêve des romantiques allemands est l'objet perdu du rêve de Freud. Car en quoi consiste l'*opération* freudienne ? D'abord à substituer l'écoute d'un récit à la vision d'images [4]. Puis, à ramener ce récit, forme de discours subordonné à la logique plus ou moins linéaire de la narration, à un texte. Enfin, et c'est là que le

« travail » de l'interprétation commence, décomposer, délier, détisser le texte (déchirer le tissu) pour, en dernière analyse, atteindre l'énoncé du *Wunsch* – ce mot qui met tant à mal nos traducteurs (désir, souhait, vœu ?) Selon la métaphore ferroviaire que j'affectionne, le récit du rêve serait ce que le voyageur raconte de son voyage une fois rentré chez lui (les rencontres, les paysages entrevus par la fenêtre). Le *Wunsch* serait ce qui l'a poussé, dans l'excitation, l'inquiétude et l'attente, à prendre le train. Mais cela, le voyageur, le narrateur et l'auditeur l'ignorent, comme si la gare de départ ne figurait pas sur l'indicateur des chemins de fer mais seulement la gare d'arrivée (le récit) et les stations intermédiaires (les associations). Difficulté supplémentaire : le « train de pensées » n'emprunte jamais la voie la plus directe mais un trajet extrêmement compliqué, avec détours, voies latérales, aiguillages, retours en arrière. Il faut qu'il roule, voilà tout. Chaque rêveur invente son parcours qui n'est qu'à lui. Chacun organise son réseau.

Quant au point de départ sis en pays étranger, voire inconnu, il ne s'appelle pas chez Freud l'*enfance* (ni celle de l'humanité comme pour les romantiques, ni même celle de l'indi-

17

vidu). Il est l'*infantile*, lui aussi éminemment singulier et fragmenté, sans *forme*. Si on peut affirmer que les lois de l'inconscient sont universelles, c'est en tant qu'il s'agit de lois de fonctionnement d'un *système*. Mais l'inconscient, lui, est singulier dans ses « contenus », dans l'assemblage de ses constituants, ce qui ne nous autorise pas pour autant à le faire précéder d'un pronom possessif (« mon », « son » inconscient). Comment pourrait-on posséder ce au service de quoi on ne cesse d'être ? L'inconscient : singulier sans être personnel.

Pourquoi rappeler ces choses connues de tous ? Pour marquer à quel point Freud *désenchante* le rêve. Le rêve n'est plus voie royale, c'est l'interprétation qui veut l'être. Dans l'accolage des deux mots *Traumdeutung*, la *Deutung* entend dissiper le mystère du *Traum*. Le mystère laisse place à l'énigme et l'énigme ouvre l'esprit, dans le temps même où elle le déconcerte, sinon à la solution, du moins à la recherche de celle-ci. Si le mystère enveloppe de son ombre l'enfance, l'énigme n'a-t-elle pas partie liée avec l'infantile, avec le sexuel infantile ?

Transgression, la *Traumdeutung*, franchissement des limites ? Soit, mais sous réserve de préciser : ce n'est pas que Freud aurait, le premier, oser aller voir ce qui se passait de l'autre côté – ses prédécesseurs sont innombrables –, c'est qu'il a rendu nos rêves prosaïques. A la poésie, à l'attrait du rêve – objet, enfance, temps, monde retrouvés après avoir été perdus –, il a substitué une prose avec sa grammaire et sa syntaxe. Syntaxe de nos désirs, à moins que ce ne soit celle de nos chagrins. Décidément le rêve des romantiques est bien l'objet perdu du rêve de Freud. Mais de quoi s'agit-il de nous *déprendre* au juste ? De l'image ou de son culte ? De l'enfance ou de sa nostalgie ? De la mère inaccessible ? De l'illusion d'une pleine satisfaction ? De la chose même ? *Peter Ibbetson* peut nous aider à répondre à ces questions.

Car *Peter Ibbetson* est – chaque nouvelle lecture m'en persuade – une œuvre insolite, échappant à tout genre, à commencer par le genre « fantastique » d'où, à mes yeux, l'effet d'étrangeté est absent pour être trop délibérément recherché (pas d'*unheimlich* sans *heimlich*). Ce roman occupe à son insu une position médiane entre le si puissant courant romantique et la psychanalyse freudienne. Rappelons-nous sa date de publication : 1891, quelques années seulement avant que Freud ne se voue à la *Traumdeutung*. « Je n'avais pas encore appris à rêver », dit l'un. Et l'autre : « Je n'avais pas encore appris le secret des rêves, je pressentais seulement que les rêves ne sont pas des songes, à savoir des émanations de l'âme, mais le produit d'un *appareil* de l'âme, un laboratoire de pensées, le résultat d'un travail auquel doit répondre un autre travail. »

André Breton, dit-on, avait été ravi par le film tiré du roman. Il y voyait préfiguré le surréalisme. Surréaliste, *Peter Ibbetson* ? Certainement pas dans son écriture, vagabonde, mais continue, sans courts-circuits ni étincelles ; dans les fantasmes qui le portent, peut-être. *Surréel* à coup sûr.

Rêver vrai

Quelle est la grande et progressive découverte de notre héros ? Elle tient tout entière en ces deux mots : *rêver vrai*, dont il se peut qu'ils lui viennent de l'Inde.

Qu'est-ce que rêver vrai ? C'est d'abord obtenir du rêve un sentiment de réalité assez intense pour qu'il cesse – je cite Peter – d'être « une simple surface : de silencieuses petites images se mouvant sur douze pieds carrés de carton bristol et ne touchant que la vue seule » (l'écran du rêve de Lewin ?). « L'oreille aussi bien que l'œil » – je cite encore – « n'étaient plus enfermés dans la chambre obscure, on entendait les paroles et les rires, jusqu'au bourdonnement d'un insecte et la chute d'une fleur. » Choses et personnes ont le même volume, le même relief que dans la vie. Reproduction grandeur nature en somme et, plus encore, restitution d'une réalité sursignifiante – *überdeutliche* –, les cinq sens, de l'ouïe au toucher, étant au rendez-vous. Il arrive même au rêveur de voir des scènes passées auxquelles il n'a pas assisté. Rien n'échappe à son regard.

Restitution, comme on le dit d'un objet dérobé une fois rendu à son possesseur légitime. Restitution et restauration d'une réalité, restitution d'une mémoire car la mémoire vigile est une « pauvre chose » au regard de la « mémoire inconsciente qui enregistre tout », écrit Du Maurier. « Rêver vrai », c'est, pour la première fois, mais renouvelable à l'infini, s'assurer la pleine possession de ce qui a été vécu sans être possédé, c'est vivre hors de la succession temporelle et de la limitation spatiale : « Il n'y a pas de fin et il ne pourra jamais y en avoir, ni de fin au temps et à toutes choses qui s'y passent, ni de fin à l'espace et à toutes choses qui le remplissent. Ni fin, ni commencement, ni centre. Pensez à cela. » Le sentiment océanique de Romain Rolland est une misère par rapport à ce qui s'offre à Peter Ibbetson !

Nous assistons là au mouvement inverse de celui que connaît le déprimé qui *rabat* le vrai sur le réel (un mur est un mur), récusant ainsi tout pouvoir à la métaphore. Ici, c'est le réel qui se trouve exhaussé jusqu'au vrai : « Tous les sens baignaient dans la lumière de l'absolue vérité. »

C'est l'amour, on s'en doutait, le seul amour qui rend possible chez Peter le « rêver vrai ». Et là est l'autre trouvaille insensée du roman : le *rêve partagé*. Le héros qui passera finalement le plus clair de ses jours dans une sombre prison (pensons au tableau de Moritz von Schwind et au « rêve du prisonnier » commentés par Freud), séparé de la femme aimée, non seulement il la retrouve dans ses rêves, mais il partage avec elle le même rêve. C'est ainsi qu'ils resteront vingt-cinq ans en compagnie l'un de l'autre, sans se quitter. C'est ainsi, mieux encore, qu'ils connaîtront « l'être *intérieur* de l'autre [...], plus intimement liés que jamais deux mortels l'ont probablement été depuis le commencement du monde ».

Il nous est facile, à nous qui croyons être guéris de toutes les illusions, de repérer tous les dénis ici à l'œuvre : déni de l'« égoïsme » foncier du rêve – « Pourquoi », se demandait déjà Héraclite, « en rêve chacun a-t-il son univers particulier, tandis qu'à l'état de veille tous les hommes ont un univers commun ? » ; déni de la séparation des individus et des corps, de la division des langues, de la perte et du deuil ; déni du temps et de la mort. Non seulement le temps est réversible, le trajet à rebours remonte tout le cours de l'histoire individuelle, mais il autorise des haltes dans l'histoire collective et va même en deçà, jusqu'à la préhistoire de l'espèce (voir la mare d'Auteuil). Non seulement la mort n'est pas une fin, mais c'est quand sa bien-aimée disparaît que Peter la rejoint totalement : renversement de la « mort pendant la vie » du sommeil sans rêves ; désormais « vie dans la mort » du rêve sans sommeil.

Qu'avons-nous à faire de tout cela, nous qui avons lu Freud ? Condamnerons-nous ce cher Peter, comme il l'est dans le roman, à aller de la prison à l'asile ? A moins que son « délire » ne fasse que réaliser le vœu originaire du rêve : hors limites spatio-temporelles, hors soi, immortalité et même ontogenèse rejoignant la phylogenèse ?

Un mot encore avant de le quitter. J'ai laissé de côté l'intrigue romanesque. Intrigue œdipienne s'il en est, roman familial exemplaire qui nous laisse entrevoir le contenu latent de l'apologie exaltée du « rêver ». Peter, après avoir été dépossédé de sa maison, de sa mère, de son patronyme et avoir été adopté par son oncle, le colonel Ibbetson, était devenu cet architecte mélancolique venu me consulter... Mais c'est après qu'eurent lieu les deux événements qui décidèrent de sa vie : la rencontre de la « sublime » duchesse de Towers et le meurtre au pistolet (souvenons-nous : le père tué par une explosion), dans le seul moment de violence qu'il ait jamais connu, du colonel après que celui-ci lui eut laissé entendre qu'il pourrait bien être son père, que sa mère à lui, Peter, et lui-même, le colonel, enfin bref... que Peter était un bâtard (pourquoi, dès qu'on raconte une vie en trois lignes, a-t-elle l'air d'un roman à trois sous ?).

Quant à la rencontre amoureuse, elle est moins rencontre que reconnaissance. La sublime duchesse n'est autre, en effet, que la petite fille souffreteuse de *Parva sed apta*. La formule que Freud aimait citer en français est ici totalement accomplie : « On revient toujours à ses premières amours. » L'aimée s'appelle *Towers*. Or l'enfance de Peter avait été imprégnée par deux femmes : sa mère, qu'on désignait toujours comme « la grande Mme Pasquier », et la mère de la petite fille, la très séduisante, la « divine » Mme Serkadier, qui dépassait la première d'une demi-tête. *Towers*, au pluriel. On voit que le déplacement est ici presque imperceptible et la figure composite aisée à identifier. Déplacement et condensation *a minima* donc, symbolisme éloquent et transfert nul : la petite fille *est* la duchesse. Le rêver vrai ou l'amour fou, pour parler comme Breton, assure le triomphe du *même*, seul garant de l'unité sans faille du désir et de son objet.

Où peut-elle être ?

J'ai avancé que *Peter Ibbetson* occupe une position médiane entre le romantisme et la psychanalyse. Oui, en ceci encore. Chez nombre de romantiques (Jean-Paul, Novalis, Maurice de Guérin), Béguin l'a noté, l'exploration du – ou le retrait vers le – continent imaginaire est consécutive à une perte. Le roman autobiographique de Karl Philipp Moritz *Anton Reiser* en est peut-être le témoin le plus direct : « La conversation tomba sur la petite sœur d'Anton, morte peu auparavant. Sa mère était restée inconsolable pendant presque une année. Après être demeurée un long moment muette, elle demanda : " Où notre petite Julie peut-elle bien être maintenant ? " [...] " Où notre petite Julie peut-elle bien être maintenant ? " se demanda-t-il à son tour, *reprenant la pensée de sa mère* [je souligne ce transfert immédiat de pensées] ; à cet instant, les concepts de proximité et d'éloignement, d'étroitesse et d'étendue, de présent et d'avenir lui traversèrent l'esprit comme des éclairs [5]. » Où peut-elle être, où retrouver la pensée et le regard perdus de la mère, sinon dans l'imaginaire dont le « rêver » serait l'aimant et comme notre orient extrême ?

Freud, lui, il nous l'a confié, a écrit *L'Interprétation des rêves* en réaction à la mort de son père. Et cela change tout. Il peut s'instituer comme père du rêve – voir la plaque commémorative qu'il voulait faire apposer : « C'est dans cette maison que le secret du rêve fut révélé au Dr Sigmund Freud. » Il fera des rêves – et d'abord de ses rêves à lui –, plus que du « rêver », son objet d'investigation passionnée. Il les prendra comme objets pour se déprendre de leur attrait, il les interprétera pour s'arracher à leur envoûtement. Il n'ignore pas pourtant qu'à l'extrême du champ interprétatif, au point asymptotique de ce qu'il appelait le « Livre du rêve », quelque chose ne saurait être saisi : ce qu'il nomme l'*ombilic*, ce qui rattache le rêveur à l'inconnu maternel.

Freud se méfiait de toute mystique du rêve qui en ferait un messager de l'occulte et des dieux ou permettrait à l'âme individuelle de participer à l'âme du monde. L'attention qu'il porte au rêve est destinée à conjurer ce risque, dans la cure aussi bien que dans la théorie. L'équivalence entre le rêve et le symptôme est posée par lui d'emblée [6]. La différence tient seulement en ceci : le symptôme n'est pas interprétable, le rêve l'est. C'est qu'il y a un accès possible aux « pensées du rêve », alors que pour dévoiler les « pensées du symptôme » il ne faut rien de moins qu'une analyse.

Se détacher du rêve comme royaume pour l'analyser comme symptôme. En faire un modèle des formations de l'inconscient. Mettre au jour ses mécanismes : condensation, déplacement, élaboration secondaire. Retrouver à l'œuvre ces mécanismes dans la série de nos ratés et méprises : *Ver-lesen, -hören, -legen*, etc. Chacune de ces formations peut bien présenter des traits qui lui sont propres, leur mode de production reste identique. C'est pourquoi, après la *Traumdeutung*, Freud peut écrire presque coup sur coup la *Psychopathologie de la vie quotidienne*, *Le Mot d'esprit*, « Le Cas Dora ». Le gain de l'opération est immense et définitif. Le rêve ne serait-il qu'un *Witz*, un trait pressé d'atteindre son destinataire ?

Pourtant cette conquête connaît à mon sens deux pierres d'achoppement. L'une énoncée plus tard par Freud lui-même, l'autre qui tient au statut si ambigu de l'image. Deux questions auxquelles toute réflexion sur le rêve conduit nécessairement. Deux questions dont je souhaiterais montrer comment elles sont liées.

L'incapacité de rêver

La première question, nous la rencontrons dans *Au-delà du principe de plaisir*. Freud se la pose à propos de la névrose traumatique (dont la Grande Guerre venait de fournir tant d'exemples, mais c'est plutôt le cas de la catastrophe de chemin de fer qui le retient). Elle est aussi déroutante que simple. Pourquoi, pendant des nuits et des nuits, ces gens refont-ils le même rêve pénible, revivent-ils en rêve, alors que le jour ils n'y pensent pas, l'événement qui les a ainsi secoués ? Ils se réveillent terrorisés et la nuit suivante ça recommence. Voilà qui ne colle décidément pas avec une théorie du rêve comme accomplissement de désir. Rien là de réductible au cas des rêves qu'accompagne l'angoisse, car, alors, on peut supposer un conflit de désirs. Non, le rêveur va là droit au but, sans détour : il se précipite vers l'effroi, la terreur. Freud le dit carrément : ne pas s'étonner de cela, se dire par exemple qu'il est après tout bien normal qu'ayant subi un bombardement ou réchappé à un accident de chemin de fer la chose fasse retour la nuit, ce serait « méconnaître la nature du rêve », se refuser à admettre que sa fonction est ici « détournée de ses fins ».

La réponse qu'il se donne, en se portant au-devant de cette question clinique qu'après tout il lui était possible d'éluder, est la suivante. Elle est assez obscure et il faudra toute la « spéculation » d'*Au-delà*, toute la reconnaissance de la compulsion de répétition et de la pulsion de mort, pour qu'elle prenne son plein sens. Pour l'instant, quelle est-elle ? « Nous pouvons admettre que par leur caractère répétitif ils [les rêves en question] se mettent à la disposition d'une tâche qui doit être accomplie avant que la domination du principe de plaisir puisse commencer [...]. Il est logique d'admettre, même pour la tendance du rêve à accomplir le désir, l'existence d'un temps qui l'aurait précédée [7]. »

En quoi consiste ce temps antérieur, ce temps logiquement antérieur ? Quelle est la « condition préalable » nécessaire qui nous permet de nous abandonner à ce flux d'images qu'est le rêve, à cette succession d'événements annonciatrice de liens associatifs – le réseau des représentations – donnant, après déliaison, accès aux pensées ? L'interprétation, mais déjà les associations du rêveur dé-figurent les images en mouvement – le cinéma – du rêve.

Or le rêve traumatique est « flash-back » et arrêt sur l'image, il ne représente rien d'autre que l'événement. Il le rend à nouveau présent, il le répète, ou mieux : il le re-produit, lui conférant par là plus d'intensité même qu'il n'en avait dans le réel. Il n'est plus, proche en cela du cauchemar, que figure de l'informe et laisse le sujet seul et démuni devant cette menace perpétuée. La fixité du *Trauma* – rupture, effraction violente, subite et subie – interdit le déploiement du *Traum* – ce tissu d'images – pour céder toute la place à quelque tête de Méduse... Ou, en d'autres termes, quand l'*enveloppe* protectrice a été déchirée et le support projectif détruit, la *lettre* imagée du rêve ne peut plus s'écrire. L'interprète n'a plus alors son mot à dire : il répare le tissu ou, faisant confiance au patient tissage artisanal qu'on nomme « perlaboration », il attend que de la catastrophe naisse un scénario qui ne soit plus une catastrophe...

Peter Ibbetson, qui a su se donner dans son enveloppe-prison les moyens d'être un « rêveur définitif » (Breton), et qui, lui aussi, ne voulait que rendre présent, n'a-t-il fait que tenir à l'écart de son espace intérieur l'intolérable violence du trauma ? Là où le traumatisé hallucine l'épouvante ou l'effroi, Peter hallucine la pleine satisfaction. Là est leur différence, mais l'un comme l'autre sont régis par l'*identité de perception.* En cela ils sont frères. Mais le premier y est soumis, le second l'obtient ou croit l'obtenir.

Condition préalable pour qu'il y ait rêve au sens freudien ? Pour qu'il y ait liaison (contenu manifeste) puis déliaison (contenu latent) des images au profit du trajet de la pensée ? Ce que Freud nomme *Entbindung,* l'émergence de l'énergie libre tendant vers la décharge, doit déjà être tempéré, quelque peu « dompté », pour qu'un rêve puisse se former. Des mécanismes comme le déplacement, la condensation subissent l'influence du proces-

sus primaire ; ils n'en sont pas des manifesta-
tions à l'état pur et c'est ainsi que Lacan a pu
les assimiler à des figures de rhétorique.
L'*Entbindung,* qu'elle soit libération de plaisir
ou de déplaisir, excitation sexuelle ou
angoisse, met en échec, soutient-on, la fonction de liaison du moi? Soit. Encore faut-il que
cette fonction ne soit pas, comme dans le trau-
matisme, totalement débordée. La capacité de
rêver, dirait Winnicott, n'est pas toujours à
notre disposition. « Je n'ai plus ni rêves ni
larmes », me disait une jeune femme qui
connaissait des hauts et des bas et était alors au
plus bas, soumise qu'elle était à une équation
inconsciente entre l'accident qui avait coûté la
vie à sa mère, bien des années auparavant, et la
maladie, le mal, qui venait de l'atteindre elle-
même. La mère morte était devenue sa propre
chair.

L'image et son culte

Et l'image dans cette affaire ? Le mot
aujourd'hui a mauvaise réputation. Dans nos
cercles et au-delà. On ne compte plus les pam-
phlets qui pourraient avoir pour titre celui du
livre de Roger Munier : *Contre l'image.* Il y a
là assurément une réaction salubre contre le

déferlement des images publicitaires, contre le « semblant » télévisuel et la crédulité qu'il entretient, contre la politique spectacle, la société du simulacre, la prévalence de l'« image de marque », du « look »... Air connu, aussi fait de « clichés » que ce qu'il dénonce, mais qu'il faut inlassablement chanter car l'enjeu n'est pas seulement que l'image gagne chaque jour du terrain sur le mot ; le risque, déjà perceptible, est que le mot devienne image à son tour. Il faut qu'il « fasse image ». Autrement, à la trappe !

La critique que la psychanalyse opère du culte de l'image est plus radicale. Elle peut très légitimement se réclamer de Freud et trouver du renfort chez Lacan.

De Freud, le dernier surtout, celui de *L'Homme Moïse* où l'interdit mosaïque de figurer Dieu est supposé être la condition nécessaire d'un progrès pour la « vie de l'esprit ». Selon la formule frappante de Patrick Lacoste qui fait écho à ce texte, « l'édifice invisible de la psychanalyse s'est construit sur les ruines du temple de l'image [8] ». Le fait est qu'on pourrait retracer tout le parcours psychanalytique de Freud comme un détachement progressif de l'image : du renoncement à l'hypnose – regard de l'hypnotiseur, reviviscence visuelle par l'hystérique des scènes troublantes – à la promotion tardive de la pulsion de mort, qui ne saurait se figurer d'aucune façon ; en passant – deux exemples entre mille – par la mise en évidence que le souvenir d'enfance où le visuel prédomine n'est qu'un souvenir de couverture – la scène évoquée sert d'écran – ou encore par le recours à l'emblème du bloc-notes magique : rien que des inscriptions. La mémoire : des traces, des détails, et non une boîte, bien classée ou en vrac, de plaques photographiques à même de fixer sur l'image la chose vue. Pas de temps retrouvé chez Freud, rien que du temps reconstruit et jamais une fois pour toutes. Comme nous sommes loin de Peter Ibbetson et... de Proust !

Et qu'est-ce d'abord que l'édifice métapsychologique, sinon une tentative pour rompre avec toute psychologie *descriptive* ? La réaction de Freud au projet de film que lui soumettait en 1925 Karl Abraham, pourtant fidèle entre les fidèles, est à cet égard bien significative. Elle est sans détour : « Le projet ne me plaît pas [...] Je ne tiens pas pour possible de présenter nos *abstractions* de façon plastique [9]. » Et il ajoute que, quitte à donner dans le cinéma, il préférait, à tout prendre, l'invitation du producteur américain Goldwin qui, lui au moins, avait eu « l'intelligence de s'en tenir à l'aspect de notre objet qui supporte très bien une présentation plastique – à savoir l'amour ». L'amour passe à l'image en effet – quelquefois de façon plus convaincante qu'ailleurs... – mais comment figurer les instances, qu'elles soient celles de la première ou de la deuxième topique, comment « présenter plastiquement » des processus comme le refoulement, la projection, le renversement dans le contraire, comment ne pas confondre *pulsion*, concept limite, invisible, et *impulsion*, immédiatement perceptible ?

Le rêve, pourtant, n'est-ce pas essentiellement du visuel ? Oui, mais lui-même n'assure-t-il pas en fin de compte pour Freud la supériorité de l'écrit ? Pour déployer quelques images de rêves il lui faut, il faut à chacun de nous, si nous nous adonnons à l'exercice, des pages et des pages d'écriture. C'est à ce prix que nous avons quelque chance de découvrir ce que le rêve veut *nous* dire.

Mais n'allons pas trop vite. Ne pas assigner de limites au champ du langage, est-ce vraiment lui rendre justice ? Quand j'entends des psychanalystes célébrer le pouvoir absolu que le langage exercerait sur le sujet humain dès l'origine, quand je les vois se faire les dévots du texte et du texte seul (« texte de la séance », « texte freudien »), je me dis que ce qui mérite suspicion, ce n'est pas l'objet de l'idolâtrie, c'est l'idolâtrie, quelle que soit l'idole...

Une des contraintes auxquelles est soumis le rêve, selon Freud, et la seule qui lui soit propre, est la figurabilité *(Darstellbarkeit)*. Toute pensée, toute articulation logique, toute activité de jugement, tout discours, le temps lui-même sont tenus, ne serait-ce que par l'état de sommeil excluant le recours à la motricité, de se transformer en images visuelles. Cette transformation est une déformation, la censure aidant, qui fait tout ce qu'elle peut pour éviter que ne parvienne au destinataire – le rêveur en premier lieu – le message du désir mis à nu. Mais une censure, plus structurale si l'on peut dire, vient de l'exigence impérieuse de rendre figurable. La déformation trouverait là sa source.

Mais d'un autre côté – et il y a longtemps que je bute sur cette difficulté, je l'ai déjà énoncée dans *Perdre de vue,* je ne veux pas la lâcher – Freud indique bien que le caractère visuel du rêve n'est pas seulement « défaut d'expression » et comme une faiblesse inhérente aux moyens qui sont les siens. L'attraction du refoulé a partie liée avec l'attrait du visuel. Ce lien n'est pas contingent mais intrinsèque, Freud l'indique explicitement. Je le cite : « La transformation des pensées en images visuelles résulte de l'attraction que le souvenir visuel, qui cherche à *reprendre vie* [je souligne], exerce sur les pensées coupées de la conscience [...] La scène infantile ne peut parvenir à *se réaliser* à nouveau. Elle doit se contenter de réapparaître sous forme de rêve [10]. » Voilà qui nous conduirait à établir une sorte d'osmose entre l'inconscient et le visuel et, par voie de conséquence, à conférer au rêve un statut bien différent des autres formations de l'inconscient, telles que le trait d'esprit ou le symptôme.

La perception onirique

Comment comprendre cet appel à un « inconscient visuel » ? Sûrement pas en invoquant la prévalence d'un registre sensoriel (la vue) sur d'autres (l'ouïe ou le toucher). Bien plutôt en gardant présente la distinction, avancée très tôt – dès l'essai sur l'aphasie (1891) – et toujours maintenue, entre « représentation de chose » (ou, mieux, « représentation-chose ») et « représentation de mot ». Je n'entends pas rouvrir ici l'immense débat théorique que soulève une telle distinction. Seulement rappeler d'un mot la thèse topique selon laquelle « le lien avec les représentations de mot ne caractérise pas d'autre système que le Préconscient, alors que le système inconscient, l'Ics, ne comprend, lui, que des représentations-choses [11] ».

Or, qu'est-ce qui nous rapproche le plus de la « chose », est le plus « aimanté » par elle, qu'est-ce qui est le plus voisin de ce que Freud a appelé l'hallucination primitive – celle qui présentifie l'objet pleinement satisfaisant (*Wunscherfüllung* : comblement du désir) –, sinon le rêve et la conviction de réalité, de surréel, qui lui est attachée ? Le rêve, c'est la *chose vue* – pour parler comme Hugo, le reporter visionnaire.

Chose vue qu'on ne confondra pas avec l'objet perçu. Pas plus qu'on ne confondra le *visuel* tel qu'il se projette dans le rêve et nous y enveloppe avec le *visible* tel qu'il s'offre à notre regard de la veille, ni même avec l'*invisible* tel qu'il se profile à l'horizon du visible et tel que les peintres peuvent le suggérer. Singulier « visuel » que celui du rêve, aussi intense, dans l'instant de sa présentation qu'évanescent, qu'insaisissable, que se dérobant à toute inspection : un rêve ne *s'observe* pas. Ce visuel-là est décidément très étrange, étranger en tout cas à nos catégories habituelles de pensée. Car, tout à la fois, comme l'écrit Georges Didi-Huberman, « il creuse le visible – l'ordonnance des aspects représentés – et il meurtrit le lisible – l'ordonnance des dispositifs de signification [12] ». Creuser, meurtrir : la déformation, l'*Entstellung*, du rêve doit s'entendre dans un sens violent, quasi *physique*, et non comme simple transposition.

Parler d'images visuelles à propos du rêve est donc deux fois erroné. L'*image* ici a perdu toute accointance avec le décalque, avec la copie ; elle a rompu avec la ressemblance, elle met en contact des éléments, des détails, prélevés aux figures les plus éloignées les unes des autres. Quant au *visuel*, il délie ses attaches avec le monde visible ; il donne à voir ce qui échappe à la vue : fantômes, revenants, paysages inconnus. Il est plus proche du « figurant » que du « figuré ». C'est ainsi que je comprends ce qu'avançait le dernier Merleau-Ponty, celui du *Visible et l'invisible*, à savoir que le modèle, que l'originaire de la perception éveillée était à chercher dans la perception onirique. Paradoxe : c'est quand nous avons les yeux fermés que nous sommes le plus voyants !

Suis-je en train de céder à mon tour à l'attrait du rêve ? Mon propos peut donner à le croire, propos dont d'ailleurs, à l'instant, la visée manque d'évidence (comme un rêve, un texte, dans le temps où il s'écrit, ne nous dit pas où il va). En fait, ce n'est pas, malgré les apparences, du rêve ni même du « rêver » que j'évoque ici les pouvoirs. Ce serait plutôt du « penser », de l'activité de pensée, qui se poursuit nuit et jour. Quand nous saluons, dans une cure, comme un événement psychique l'avènement ou le retour de la capacité de rêver – si distante de la production intensive de rêves – ce n'est pas seulement parce que nous y voyons une opportunité pour notre patient d'entrer en contact avec des aspects refoulés ou clivés de sa personne. C'est parce que nous pressentons que cette capacité offre une chance de susciter chez lui un autre régime de pensée.

Chacun peut en faire le constat quelque peu mortifiant : nous venons de faire un rêve dont l'ingéniosité, la vitesse d'exécution, la complexité du réseau, les circuits et courts-circuits nous émerveillent encore, et voici que, restant tout séduits par la richesse d'invention dont notre esprit vient de nous donner la preuve (car comment ne pas passer du « il a rêvé » au « j'ai rêvé » ?), voici qu'encore tout excités nous nous plaçons devant notre écritoire ou nous installons dans notre fauteuil : rien, pas une idée, pas une émotion, l'apathie, l'électro-encéphalogramme plat ! Ce n'est pas tant d'avoir perdu les images de notre rêve qui nous navre, c'est de n'être plus en mouvement, c'est que l'excitation sexuelle de l'esprit ait cessé. Tournons-nous maintenant vers quelqu'un qui n'acceptait pas cette perte, cette chute dans l'inertie ou la lenteur de la pensée.

L'éveil

Longtemps il s'est levé de bonne heure. Le fait est connu, attesté, légendaire. Il aimait dès l'aube se placer devant sa table. Le silence tout autour. Il y avait là des cahiers d'écolier, à couverture de couleur, bleue, jaune, brune. Quand il mourut, on en découvrit deux cent soixante et un et on compta les pages : vingt-six mille [13].

Il y griffonnait des choses étranges, des pensées qui le surprenaient lui-même, les idées, mais seulement les idées, qui lui venaient, dans leur premier état. Elles étaient parfois très folles, il les consignait avec une précision d'ellipse, pour lui seul, car elles n'étaient pas faites pour être comprises. C'était un temps d'excitation intense – « Il me faut, disait-il, le matin ce cahier avec une cigarette et de même nécessité » –, un temps d'une vitesse intime extrême, mais le langage, même interne, disait-il encore, n'était pas assez prompt pour suivre. Il lui fallait alors inventer ce qu'il nommait un *langage-self*.

Il dessinait aussi sur ces cahiers, y opérait des calculs, y esquissait des croquis, les couvrait d'équations et de sigles. Son héros était Léonard de Vinci. Pas une science qui lui fut tout à fait étrangère, mais il n'en pratiquait aucune, sauf celle des mots qu'il voulait exacts : le vague, à commencer par celui qui vient troubler l'âme, lui faisait horreur. Il se méfiait des philosophes et pourtant il parlait de son « Système ». Mais, ajoutait-il drôlement, « il me manque un Allemand qui achèverait mes idées ». Il tenait trop à ses cahiers, à ce temps et à ce lieu de prédilection du « contre-fini », du « contre-achevé », pour souhaiter vraiment rencontrer cet homme-là.

Son esprit ne fonctionnait à plein régime qu'à l'aube. Il était seul alors : condition favorable pour « être le moins semblable et le plus unique possible ». A ces heures de lent passage de la nuit au jour, il croyait n'avoir rendez-vous qu'avec l'éveil, qu'avec l'éveil de cet esprit dont il s'acharnait, avec une attention toute neuve et renouvelée chaque matin, à saisir les opérations, à découvrir les lois, à mesurer les pouvoirs, sans être tout à fait sûr qu'ils soient le jour plus forts que la nuit.

Paul Valéry : guetteur de l'aube ou veilleur de la nuit ?

Le sommeil, l'engourdissement de la pensée n'étaient pas son fort. Mais il s'intéressait au rêve, avec passion : non pas aux rêves qui, falsifiés par le souvenir, n'étaient jamais pour lui que des récits « nécessairement faux » et comme de mauvais romans (pouvait-il y en avoir à ses yeux de bons ?), mais au rêve en tant qu'état. Mises bout à bout, ses réflexions commencées dans le temps même (autour de 1895) où Freud engageait les siennes et poursuivies pendant une quarantaine d'années, son « amas de notes » sur le sujet feraient un livre : assurément pas une *Traumdeutung* – refus affiché de l'interprétation, dédain pour l'histoire personnelle –, mais sans doute quelque chose comme une métapsychologie.

Il y revenait sans cesse : « Toujours cette obscurité – le Rêve. » Mais comment traiter du rêve avec les mots du jour ? Comment, dans la pensée vigile, ne pas perdre contact avec le langage et avec le corps nocturnes ? Et toujours cette question : « Le rêve est une phase. A quoi diable peut-il servir ? » A parcourir les *Cahiers*, je me dis que Valéry est fondé à écrire : « Il y a des siècles que je m'occupe du rêve », et j'y vois moins une revendication d'antécédence par rapport à « Freud et Cie », dont les théories lui étaient « antipathiques », que l'aveu d'un lien presque intemporel – tel le rêve où la sage distinction du présent, du passé et du futur n'opère plus, où les temps sont mêlés, comme les visages. Où l'on ne sait plus qui est qui, ni où l'on est, ni quand.

Il a été rêvé

Rêve-veille : deux états, ou deux phases, différents à coup sûr et que Valéry ne cesse d'opposer, de comparer, de définir l'un par rapport à l'autre, le plus souvent, semblerait-il à celui qui s'en tiendrait aux affirmations les plus catégoriques, pour valoriser la pensée vigile et discréditer le rêve et, plus encore, son culte. Mais alors, si la répartition était si simple et si assurée, la question si facile à régler, pourquoi vouer ces essais et ces heures sans nombre à la réflexion sur le rêve, à le faire se réfléchir en lui ? Pourquoi cette insistance de tête chercheuse ? La réponse, c'est Valéry lui-même qui la donne, par éclairs : « Le rêve et la pensée sont de même substance. » La recherche ici est celle de la « formation du connaître », d'un « en deçà des significations ». Comment s'épuiserait-elle d'un mot ?

Même substance : si, le jour, nous pensons moins que nous ne le croyons et si, la nuit, l'esprit ne dort pas mais s'active et produit, alors à quoi tient la différence ? Si c'était une différence de rhétorique (nous dirions : de processus) ? Si c'était une différence de géométrie (nous dirions : de topique) ? « La géométrie du rêve, ses axiomes fondamentaux, diffère de celle de la veille (comme la géométrie d'un fluide ou d'une étoffe diffère de celle des solides parfaits). »

Il vient à Valéry d'autres mots freudiens. Presque à chaque pas des *Cahiers*, j'en trouve. Le rêve charade, le rêve rébus ou « puzzle dont les pièces sont mêlées ». Plus que des mots, des énoncés. Par exemple : « Dans le rêve tout ce qui est formel tend à être significatif. » Ou ceci : « Une oppression vague dans la veille prend sa forme dite exacte, se réduit à une position et une importance relatives ; dans le rêve, elle *remplit* » (je souligne). Ou encore : « Le rêve maintient le sommeil. » Et quand vous tombez sur la proposition suivante : « Le rêve, en ce qu'il a de spécifiquement curieux quant aux formations imaginaires, est bien une combinatoire », vous croyez... rêver. Eh bien non, ce n'est pas du Lacan mais du Valéry. Comme l'est cette belle formule, à méditer : « Pourquoi dire : J'ai rêvé, quand il faudrait dire : *Il a été rêvé.* »

Valéry pressentait la fragilité de la frontière qui sépare l'hallucination de la perception : « Quoi m'empêche d'être au Spitzberg si on me touche avec de la glace ? C'est le contexte. » Si c'est le contexte qui décide et fait foi, et si ce qui nous est d'abord et seulement donné c'est la sensation (il y a du Condillac chez Valéry), si enfin le corps n'est jamais en repos mais toujours troublé par le désordre des excitations externes et internes, alors rien n'autorise une bipartition franche entre état de veille et état de rêve : « Le rêve serait incohérence mais il ne l'est guère plus que la veille dans laquelle l'extérieur ou quelque pensée déguisent par une certaine constance les impressions incohérentes. »

Une frontière est aussi passage et c'est pourquoi c'est à l'aube qu'il faut noter, veiller à inscrire, à transcrire avec des lettres non pas tant les images du rêve que ce qui, la nuit, a excité l'esprit sous forme d'images : retrouver le trajet de l'excitation.

Il n'est donc pas vrai qu'il faille, comme on l'a soutenu, quand on lit Valéry, « oublier Freud », tant les convergences sont nombreuses, les concordances évidentes. Pourquoi s'en étonner ? Valéry et Freud étaient l'un et l'autre des observateurs assez attentifs et aussi peu séduits, l'un et l'autre encore, par le mystère et les charmes de l'onirisme pour pouvoir se rejoindre, en s'ignorant, dans la description et l'analyse du phénomène rêve, pour en faire ressortir les singularités. Que l'espace du rêve, espace du dedans, n'est pas tributaire des exigences qu'impose l'action dans l'espace du dehors, que le temps y est d'une autre nature, parce qu'il est mesuré par les événements au lieu de l'être par les durées et que « tout ce que l'on sait dans le rêve arrive » – tout arrive et tout y est *réalité* –, que la pensée, ou « le penser », y est régi par d'autres processus (déplacement, condensation, déformation : ces mécanismes sont reconnus par Valéry), tout cela est dit, examiné au plus près et sous les angles d'attaque les plus imprévus par l'auteur des *Cahiers* comme s'il lui fallait à tout prix dérouter la Logique ou plutôt la contredire par une autre logique, celle de l'instable et de l'inorganisé, où l'incertitude, l'ambiguïté, les contraires font loi. Le rêve connaît aussi ses

« syllogismes », ses règles de fonctionnement auxquelles le sujet est soumis, et c'est pourquoi il ne faut pas entretenir la « fable du subconscient », ou d'une seconde conscience, ou d'un moi profond. « Il a été rêvé. »

D'autres avant moi ont déjà souligné, et dans un inventaire plus complet, l'apport de Valéry à la question du rêve. Mais mon propos ici est un peu différent.

Le trajet de l'excitation

Devant ce monstre que constitue l'ensemble des *Cahiers,* les éditeurs de la « Pléiade » ont pris le bon parti. Ils ont opéré un choix dans l'amas de notes et ont classé celles-ci par thèmes (ego, langage, sensibilité, le moi et la personnalité, poétique, etc.) tout en indiquant la date et l'origine des fragments. Bref, ils ont mis un peu d'ordre dans le laboratoire intime, quelque peu civilisé et apprivoisé le monstre. Nous avions assisté à une opération comparable et tout aussi légitime, au moins dans un premier temps, pour les *Carnets* de Vinci.

Aujourd'hui nous disposons d'une autre édition des *Cahiers* pour les années les plus fiévreuses : deux gros volumes qui suivent aussi fidèlement que possible les manuscrits originaux [14]. Ouvrir simplement ces volumes, c'est entrer dans la machine à penser ou la machine à rêver (serait-ce la même ?), c'est être confronté à un langage à l'état sauvage ou des plus sophistiqués (serait-ce tout un ?).

Avec les volumes de la « Pléiade », nous restions dans ce qu'on peut appeler la littérature des fragments dans un certain ordre assemblés. Nous les lisions, saisis par l'intelligence qui s'y exerçait, avec l'envie parfois, à laquelle l'auteur lui-même a cédé, que ces variations, ces « mauvaises pensées » prennent la forme d'un discours organisé dont nous pourrions suivre et contester l'argumentation. Mais, avec cette nouvelle édition, l'impression est tout autre : nous ne sommes plus seulement face à des pensées éparses, plus ou moins accessibles à notre compréhension, nous sommes devant un rêve en train de se produire, face à un objet rétif à toute lecture et que le regard même ne parvient pas à cerner [15]. Énigme de la production du rêve plus encore que du produit. Comment a été fabriqué *ça* ? D'où ça vient ? Là où Valéry, comme par défi, renvoie aux « viscères », nous invoquons l'inconscient. A chacun son corps étranger interne...

Le *langage-self*, dans l'étrangeté de ses énoncés, alternativement opaques et lumineux, et surtout dans l'étrangeté de son acte qui s'effectue, j'imagine, à toute allure – par « toute allure », je n'entends pas nécessairement la rapidité d'exécution mais l'intensité de l'excitation qui doit s'ouvrir des voies de décharge immédiate mais multiples, serrées, entrecroisées, tel un réseau ferroviaire d'une extrême densité –, le *langage-self* serait-il le seul analogon possible du rêve ?

Mais Valéry n'est plus *dans* le rêve. Il est à sa table de travail, avec une plume, du papier… et des cigarettes (pour tout à la fois calmer et relancer l'excitation afin qu'elle ne s'épuise pas trop vite) ; et il lui faut le silence pour que des excitations externes ne risquent pas de le sortir de son rêve *agi* dans l'écriture. Raconter ses rêves de la nuit, n'est-ce pas la meilleure manière de les quitter ? Le récit abolit en effet l'excitation qui tout au long anime le rêve. Mais là, face à la table, à la nécessité urgente de projeter, toutes affaires cessantes, des signes sur une feuille, il ne s'agit pas de raconter, ni même de réfléchir. Il s'agit avant toute chose d'impulsions d'écriture. Et alors les phrases, même télégraphiques, les mots, même abrégés, ne suffisent pas : ils sont trop lents, trop calmes, ils imposent leur sens et leur mesure. Il faut à l'homme de l'aube, dont la pensée, la nuit, a connu un autre régime, il lui faut des graphiques, des dessins qui ne sont pas là pour illustrer mais pour que le langage explose en tous sens ; il lui faut des calculs qui ne sont pas destinés à aboutir, et des mots anglais – *time, consciousness* –, et des lettres grecques – φ, Ψ, comme au Freud du *Projet* –, et des italiques, et des colonnes pour diviser la page. Il lui faut simuler par des signes de toute nature circuits et courts-circuits de l'esprit électrisé, à la blanche lumière de l'aube. Si c'était là la sublimation au plus près de sa source ?

Mon hypothèse est que l'excitation intellectuelle qui saisit et traverse Valéry au petit matin est le produit transposé de ses rêves nocturnes (ce que les neurophysiologistes ont nommé sommeil paradoxal peut porter l'esprit au paradoxe, à côté du lieu commun de la *doxa* ou de la perception qui assure la constance de l'objet et par là donne l'illusion d'un monde partagé, semblable, réel). Quand le petit matin cesse, Valéry peut se vouer aux affaires du jour. Il reste intelligent, il n'est plus excité.

Le rêve ne cesse pas avec la prise du pouvoir du jour. Chacun de nous peut rester comme hanté, souvent à son insu, par un rêve de la nuit, par ses images intenses, son scénario inachevé, par sa tonalité changeante. Il arrive aussi à ceux chez qui l'analyse favorise le passage dans la conscience de ce qui en eux dormait de l'infantile de retrouver un contact intime avec ce qu'un rêve a su révéler de leurs tourments. Alors nous restons attachés à notre rêve comme à un objet perdu dont nous aurions retrouvé des bribes ou des traces et que nous ne voudrions plus perdre.

Mais il y a plus difficile, une tâche presque impossible qui est celle de la littérature : comment maintenir, comment transporter dans l'état de veille les pouvoirs dont notre esprit a fait preuve tandis que notre corps était au repos ? Cette agilité, ces rapprochements inouïs, ces drôleries incongrues, ce temps et cet espace dans tous leurs états, ces bifurcations instantanées et ces contacts intempestifs, cette intelligence délivrée qui nous fait mesurer notre bêtise quand nous vaquons à nos occupations diurnes. Je crois que Valéry fut très sensible à cette extraordinaire déperdition d'énergie et que ses *Cahiers* sont sa tentative, et d'abord dans la forme qu'il leur a donnée, pour ne pas *renoncer*. Oui, ce qu'il cherchait dans le rêve, ce n'était pas une source d'imaginaire mais un surcroît d'intelligence.

Le rêve : transport, métaphore de l'esprit.

Celle qui passe

Il est arrivé à Paul Valéry de noter quelques-uns de ses rêves. Sans doute avait-il ses raisons pour ne pas les scruter. Mais il y a une leçon pour nous dans cette réserve. A force de nous intéresser au « contenu » du rêve, nous risquons d'oublier ce qu'il excite en nous. Le rêve, produit d'excitations, est en lui-même un excitant, qu'il soit plaisir ou douleur, car la douleur aussi excite : il est notre fièvre, notre reste nocturne. Son destin est l'oubli. Son résultat heureux : l'esprit en éveil, insatiable, curieux de lui-même et de ses œuvres. En témoignent exemplairement les cahiers à couverture colorée, les liasses de papier conservées en secret d'un toujours très jeune homme que ni l'Académie ni son statut de « poète d'État » et de « prince des idées » n'auront réussi à endormir.

Je m'étais promis de ne pas citer de récit de rêve de ce jeune homme. En voici un pourtant, daté de 1897 : « Peur terrible causée par une très belle personne. C'était une créature magnifique qui marchait et marchait, et se bornait à marcher, à passer. »

Cette femme inconnue (serait-ce la « Gradiva » de Valéry ? serait-ce la mère ?) qui marche, marche, passe et s'éloigne, comment l'arrêter, pour à la fois la *fixer* et la *rejoindre* dans son mouvement, sinon en traçant mille signes qui, eux aussi, n'en finissent pas de marcher, chaque matin, au fil du temps, aujourd'hui ?

A voir avec ça

Quelle est la raison d'être de la « règle fondamentale », sinon d'instituer, chez le patient comme chez l'analyste, cette fois dans le registre de la parole, de l'oral, cet autre régime de pensée dont le rêve est l'expression la plus voyante ? Comme le rêve, l'analyse tout à la fois ouvre à l'illimité et l'apprivoise.

Mais là n'est peut-être pas l'essentiel. En consentant à subir la force d'attraction du rêve, en nous invitant à tenir, ne serait-ce que pour un instant, Peter Ibbetson pour un frère, nous aurons reconnu, disons-le en termes freudiens, que l'identité de perception est la matrice de l'identité de pensée. Refuser de perdre de vue la « chose » conduit effectivement à trouver sa jouissance dans la prison du délire et à sceller un pacte d'alliance avec la mort. Peut-être ne faut-il voir dans l'emprise de la pulsion de mort qui paraît régir certains destins que l'autre versant, que la face négative de la satisfaction primitive hallucinée : il y aurait là comme deux extrêmes de la recherche éperdue d'une possession du *même*. Nous autres, plus sages que le doux et violent Peter, savons bien que nous n'avons jamais affaire qu'à des restes, qu'à des bribes, qu'à des traces. Nous ne le savons que trop. Mais les traces – celles dont sont faites notre mémoire et notre histoire, les traces de pas qui vont bientôt s'effacer sur le sable –, nous ne les découvrons, les scrutons, les suivons qu'en tant qu'elles viennent de quelque lieu inconnu, aimé ou criminel, et nous attendons d'elles qu'elles nous mènent quelque part, qui ne sera jamais *ça* définitivement mais qui aura *à voir avec ça*. Pour que nos objets soient désirables, pour que la relation que nous entretenons avec eux soit autre que d'emprise ou de possession mais demeure animée, mobile – la manière humaine de se sentir vivant –, une condition est nécessaire : il nous faut perdre la chose – l'identique, le pareil au même, le hors-temps, le corps total – pour trouver l'objet. Soit. Mais ce « trouver », cette rencontre risque de n'être que le commerce avec une ombre, ou avec un *Ersatz* identifié comme tel, tant que l'objet ne s'apparente pas à la « chose vue ». Alors, quand nous reconnaissons en lui cette ascendance, il cesse d'être un simple signe, signe d'un autre signe... Transfert sans fin.

L'œil de l'esprit

Après avoir accompagné un visionnaire dans sa prison ou son royaume sans limites, j'ai fait appel à un prince de l'intellect, grand ennemi du vague et que j'imagine au désespoir de ne savoir inscrire que des chiffres et des lettres, que des signes et des graphiques, page après page, sur ses cahiers du matin. Je souhaite, *in fine,* les faire voisiner l'un et l'autre, comme pourrait le faire un rêve dans quelque « figure composite », avec quelqu'un qui leur était certainement très étranger, quelqu'un qu'on classe parmi les romantiques mais qui n'ignorait pas pour autant la passion de l'exactitude. Caspar David Friedrich était peintre et veilleur, lui, assurément, de la nuit plus que de l'aube. Il se donnait le conseil suivant. Écoutons-le :

« Clos ton œil physique afin de voir d'abord ton tableau avec l'*œil de l'esprit,* Ensuite *fais monter au jour ce que tu as vu dans la nuit* [16]. »

L'étrangeté du transfert

Les mots, plus que les choses, sont soumis à l'entropie : ils s'usent et se dégradent. Et les mots de la psychanalyse, qui ont été, en un temps qu'on peut juger très court, transportés – transférés – dans le discours commun, se sont usés plus vite que les autres.

Le mot « transfert » est de ceux-là. Alors que tous les mots voyagent et que celui-ci, qui dit transmission, relais, le transport et les transports paraissait destiné à voyager plus que tout autre, voici que nous l'avons mis aux arrêts, le figeant en un concept qui méconnaît la migration dont il est porteur. Nous avons fait de notre mieux pour le banaliser.

Freud pourtant nous aura prévenus : « On ne s'étonne pas assez du phénomène du transfert », et cela il l'affirme encore en fin de carrière, dans l'*Abrégé* de 1938 : « C'est une chose bien étrange que l'analysé réincarne dans son analyste un personnage du passé [1]. » La chose étrange tient, à mes yeux, dans « réincarne » plus que dans « personnage » ou dans « passé ».

Une chance, une croix

Pour Freud donc, ce fut tout au long l'occasion d'un étonnement et même, aux commencements, celui d'une mauvaise surprise. Pour nous, il est attendu. Pour lui, d'abord et longtemps, un obstacle dont il se fût volontiers dispensé : « Le transfert, notre croix », écrit-il au pasteur Pfister. Pour nous, c'est quand il fait apparemment défaut que nous nous inquiétons : « Transfert, où es-tu ? » Le souci du superviseur, aidé en cela par sa position de tiers, consiste pour l'essentiel à le détecter là où l'analyste, pour en être le support ou l'objet – parfois la victime –, le méconnaît.

Mais c'est une chance pour l'analyse que Freud ne l'ait pas d'emblée reconnu, ce phénomène étrange, et qu'il l'ait tenu pour un étranger à la « maison » de la psychanalyse qu'il était en train d'édifier, qu'il l'ait maintenu à l'écart comme un hôte importun, un fâcheux insistant. C'est une chance, nous verrons pourquoi, mais pour l'instant, cela peut nous dérouter et d'autant plus que ces termes d'étranger, d'intrus sont ceux-là mêmes que Freud utilisera dans sa fameuse comparaison destinée à donner à son public américain une représentation figurée du désir [2] : mettre à la porte l'indésirable perturbateur, refouler le trouble-fête, ne l'empêchera pas de rentrer par la fenêtre... Freud aurait-il refoulé ce que nous appelons *aujourd'hui* le transfert ?

Ce qui fut d'abord assigné à la cure, c'est une tâche de remémoration, de levée de l'amnésie, en remontant toujours plus en amont. Il s'agissait moins de retrouver les origines (la notion d'« après-coup » est un des premiers acquis freudiens) que de reconstituer une histoire : en combler les lacunes, en différencier les strates, en réduire les brouillages. L'analyse est une question de *temps.* Cette tâche-là – qui combine celle de l'historien, de l'archéologue, voire de l'enquêteur –, on peut dire que Freud, même après qu'il en eut mieux saisi les limites, n'y a jamais renoncé. Elle peut aller jusqu'au souci de datation précise (voir « L'Homme aux loups » : à quel âge exactement – un an et demi, deux ans et demi – l'observation du coït parental ?). C'est elle en tout cas qui préside à la découverte de l'inconscient : de ses contenus, de ses modes de fonctionnement, du « système » *Ics* enfin. Il suffit de penser ici à la métaphore des archives présente dans les *Études sur l'hystérie* : « Tout se passe comme si l'on dépouillait des archives tenues dans un ordre parfait [3]. » L'hystérique : en façade, ostentatoire – égarements du cœur et de l'esprit. Mais c'est égal : à l'intérieur, les documents d'archives, pour peu qu'on s'emploie à les chercher, qu'on sache les lire et les confronter les uns aux autres, existent. Ils sont là, bien à l'abri, ils ont même gardé toute leur fraîcheur de source. Analogie avec le rêve : absurdité, vague, incohérence du contenu manifeste, logique du contenu latent. Le but est alors de substituer le souvenir (on peut lui préférer ici le vieux mot de « remembrance ») aux « réminiscences » dont souffrirait l'hystérique, c'est-à-dire d'un retour dans le présent d'images passées non identifiées comme telles : « La réminiscence est comme l'ombre du souvenir », disait Joubert.

L'hystérique n'est pas une malade imaginaire mais une malade de l'imaginaire. Grâce à elle, ce que Freud rencontre d'abord, ce sont des représentations et des transferts – des déplacements – de représentations. Transfert d'objet : la voici qui s'emballe pour l'un, pour l'autre. Transfert d'affect : va-t'en savoir ce qui la fait « pour un rien » sangloter ! Transfert de lieux du corps : le symptôme change de place, en moins de temps qu'il ne faut pour le *dire*. Ça va et vient, ça court… et puis ça casse. L'hystérique toujours prête à transférer, à migrer : d'où l'invocation par Freud de la « disposition au transfert » imputée au seul patient et mettant hors du coup aussi bien l'analyste que la situation qu'il instaure.

Et puis, à l'arrière-plan, il y a l'hypnose à quoi Freud prétend arracher l'analyse, l'hypnose qui trouve son efficacité dans la transmission (le transfert) des pensées (un même mot : *Übertragung*) *via* la suggestion. De là vient l'exigence première de réduire autant que faire se peut l'« influence » de l'analyste sur le patient, de laisser le pouvoir à la seule contrainte interne. L'analyste, pour sa part, se veut neutre, aseptique (non toxique), *in absentia*. Dans la position par lui adoptée – échapper au regard qui dévoilerait ses pensées, ses émois –, il faut aussi trouver le signe qu'il absente son corps. La question de l'*adresse* est alors moins tenue à l'écart que mise en suspens. De même, le fait que Freud ait principalement, au temps de la rédaction de la *Traumdeutung*, analysé ses propres rêves, l'a servi : il a pu aussi parcourir en tous sens le trajet des représentations, déchiffrer le contenu de la lettre en mettant entre parenthèses le destinataire sans se soucier de la visée du message : émouvoir, séduire, complaire. A moins que le destinataire des rêves notés, analysés par Freud, ne soit le « Livre du rêve » – le *Traumbuch* –, germe de toute l'œuvre à venir. Ce qu'on a pu appeler le transfert sur l'ami Fliess – et même le « coup de foudre » – est une autre affaire, parallèle, non entrecroisée.

Pluriel

Transferts d'abord, au pluriel. Ce pluriel mérite qu'on s'y arrête. Nous avons en effet tendance aujourd'hui quand nous parlons, par exemple, de la prévalence d'un transfert « paternel » ou « maternel », « positif » ou « négatif », ou, plus trivialement encore, quand nous disons : « Il (ou elle) opère un transfert massif sur ma personne », à identifier le phénomène de transfert à un investissement global qui aurait simplement changé d'objet ou de cible. Assimilation qui peut conduire, par un glissement insensible, à confondre la « personne psychique » avec la personne réelle : « Il se comporte avec moi comme il s'est comporté avec son père. » (Nous voilà bien avancés !) Et même, par un second glissement, conduire à confronter le supposé « infantilisme » du patient à la « réalité » de l'analyste. « Vous savez bien que je ne suis pas le capitaine cruel », disait Freud à l'Homme aux rats, dans un moment d'extrême tension, il est vrai. Bien sûr, ce « je ne suis pas celui que vous croyez », nous ne l'énonçons pas, mais qui assurerait qu'*in petto* nous ne nous le formulions pas, ne serait-ce que pour nous rassurer sur notre identité vacillante ?

L'ironie, ici, n'est pas de mise. Car c'est bien là que réside le paradoxe du transfert : l'analyste est à la fois le transitaire et le destinataire. C'est bien souvent, de sa part, une défense que de dériver l'amour ou l'attaque sur une figure du passé : « Ce n'est pas à moi que ce discours s'adresse. » Décalage nécessaire, sous réserve qu'il ne soit pas une dérobade (au sens où le cheval se dérobe devant l'obstacle qui l'effraie ou fait un écart devant une ombre). Mais tout ramener à « l'ici et maintenant » – « C'est à moi que ce discours s'adresse » – n'est pas de meilleur aloi ; ce serait cette fois prendre la proie pour l'ombre, confondre le manifeste et le latent. *Je* est un autre mais c'est bien un *je* qui est un autre. Il

63

arrive que nous nous en tirions, tant bien que mal (plutôt mal) en recourant à l'artifice bien connu : « Tout se passe – ici et maintenant – *comme si* là et ailleurs... »

Comment passer outre (à supposer qu'il le faille) au paradoxe « destinataire-transitaire » ? D'abord en n'appelant pas transfert, dans un sens dérivé de la psychologie, la permanence d'une relation d'objet, voire d'habitudes progressivement constituées, ou la sédimentation d'un caractère (ce à quoi n'échappe pas toute promotion de la relation d'objet, orale, anale, narcissique-phallique, etc.). Tournons-nous plutôt vers une des toutes premières définitions freudiennes de la « chose étrange ». Qu'y trouvons-nous ? Que, pendant la cure, « la productivité de la névrose s'exerce en *créant* [je souligne] un genre particulier de formations de pensées [*Gedankenbildungen*], pour la plupart inconscientes, auxquelles on peut donner le nom de transferts [4] ». Et ces transferts, Freud y voit de « nouvelles éditions » qui peuvent être soit de simples réimpressions, soit, plus souvent, des éditions revues et corrigées. L'analogie avec le livre n'est pas ici indifférente, elle conduit vers les inscriptions et les traces et non directement vers l'objet, vers la naissance d'une écriture et non vers la reviviscence d'une image ou le rappel du souvenir. Nouvelles éditions de quoi ? Autrement dit, qu'est-ce qui est transféré ? La réponse de Freud, à cette étape déjà avancée de son expérience (1905), est sans ambiguïté : des motions pulsionnelles, des fantasmes, des expériences psychiques *(Erlebnisse).* Et ils sont transférés *sur* l'analyste, un peu comme les désirs infantiles utilisent, dans la formation du rêve, quelques restes, sélectionnés, du jour. Aussi bien la concordance entre l'analyste – ce « reste » permanent, offert jour après jour – et le rêve est-elle explicitement posée par Freud. Je cite encore : « La psychologie des névroses nous apprend que la représentation inconsciente ne peut, en tant que telle, pénétrer dans le préconscient et qu'elle ne peut y exercer un effet que si elle s'allie à quelque représentation anodine qui y appartenait déjà, à laquelle elle transfère son intensité et qui lui sert de couverture. C'est là le phénomène du transfert [5]. » La fonction transférentielle de l'analyste se trouve ramenée à celle d'une représentation anodine, d'un reste diurne ou d'un souvenir de couverture. Rien de plus mais rien de moins : nous ne procédons jamais que par « connexions fausses » et « mésalliances ». Les connexions se font seulement plus étroites.

65

Ici deux remarques :

1° Alors même que la place de l'analyste n'est plus assimilée à celle d'un archiviste-lecteur – l'inflexible Dora ne l'eût pas permis ! – le transfert n'en est pas pour autant défini comme résurgence d'une relation ou d'une figure parentale, ou même d'une imago. Ce sont des éléments de nature diverse – pensées, affects – qui sont transférés *sur*. Alors on peut soutenir qu'une analyse, au sens strict du terme – déliaison – est possible. On doit, dit Freud, « dissoudre » les transferts un à un.

2° Toutefois, une équivoque demeure : ces éléments transférés – et qui peuvent être aussi ponctuels que des traits d'identification : une intonation, une date, la syllabe d'un nom – font-ils retour, sous une forme qui les rend méconnaissables au premier regard, mais *retour* ? Ou bien – je reviens sur le mot « créant » que je soulignais à l'instant – sont-ils du *nouveau* ? Là encore, correspondance possible avec le rêve : celui-ci exprime-t-il du désir ou en crée-t-il ? Et l'interprétation ? Et la métaphore ? Ne font-ils que transposer ? Le transfert, est-ce du nouveau, est-ce du vieux, ou du nouveau fait avec du vieux ? Prose laborieuse de ce qui a été ou poésie de ce qui advient ?

Quelle que soit, pour l'instant, notre réponse, nous avons déjà pris quelque distance – nous voyageons lentement, nous aussi, avec de brusques à-coups... – par rapport à la conception la plus communément admise, celle que Michel Neyraut a désignée sous le nom de *qui pro quo* (en trois mots qui le plus souvent se condensent en un seul et nous voici au théâtre et même au vaudeville). *Qui pro quo*, à savoir « résurgence d'une figure antérieure sur une figure du moment [6] ». Et revoilà la « figure », et revoilà la « résurgence ». Pour ma part et tout en restant dans notre cuisine en latin, je dirais plus volontiers *pars pro toto :* métonymie.

On m'objectera que j'ai pris jusqu'ici appui sur une période ancienne, « archaïque », diront certains, de la psychanalyse, une période où Freud tentait d'assigner des limites au transfert, de l'insérer, au fond, dans la série des formations de l'inconscient, et que c'est avec Dora précisément (ou plutôt après, une fois la cure interrompue) qu'il en a pris la juste mesure, c'est-à-dire qu'il en a connu la *démesure :* écho affaibli de Breuer prenant la fuite devant Anna O. Soit, encore qu'il serait facile – mais mon propos n'est pas de retracer l'histoire, extrêmement complexe, de la notion [7] –

de trouver tout au long des preuves du souci de Freud d'en circonscrire la portée, cela tant dans la théorie que dans la pratique.

Passion

Qu'est-ce qui va, apparemment, tout changer à cette façon de voir et de procéder ? La répétition. Au lieu de remémorer, au lieu d'élaborer, autrement dit de faire ce qu'on attend d'eux, ils répètent, ils répètent inlassablement. Au lieu de dire et de symboliser, ils *agissent,* car la répétition, même si elle emprunte la voie des mots, est un « agir ». Une mémoire agie si l'on veut, autrement dit une non-mémoire, un refus de mémoire qui est tout autre chose qu'une amnésie. Enfin – un comble pour la thèse princeps de l'accomplissement du désir –, ce qui se répète, c'est l'expérience douloureuse. Et comment reconnaître dans la douleur – je ne dis pas dans la souffrance [8] – une parenté même lointaine avec le plaisir ? Le masochisme et ses prétendus délices n'ont pas réponse à tout. De là *Au-delà du principe de plaisir,* le texte le plus aventureux de Freud, le plus clinique aussi sous son allure « spéculative ».

C'est là, sans conteste, que l'étrangeté du

transfert nous apparaît en pleine ombre, plutôt qu'en pleine lumière, dans ce qu'il a de « démoniaque », de foncièrement *unheimlich* : l'étranger cette fois se tient et nous tient dans la demeure.

« Répétition » peut être un mot trompeur. Plus que « transfert » encore, qui implique du moins déplacement, il désigne du passé : on répète un acte, une phrase, une scène. Pourquoi ? Non pour s'en déprendre, mais tout au contraire pour que ce soit toujours plus fidèle au déjà-là, pour rester au plus près de l'original (pensons au vœu et aux tourments du traducteur, à l'interprète musical, au travail des répétitions théâtrales). Pour que ce soit le même, si possible une fois pour toutes ! Mot trompeur, disais-je, si on l'oriente tout entier vers le passé, car ce que vise la répétition du transfert, c'est le *présent*. Cela, Freud l'a bien perçu, certes toujours dans le contexte de l'opposition canonique entre répétition et remémoration, comme si le temps de la remémoration n'était pas une référence mythique (aucune cure ne s'y est jamais conformée). Mais c'est pour ajouter aussitôt que ce que cherchent les motions inconscientes c'est à « se reproduire selon l'*intemporalité* et la capacité d'*hallucination* propres à l'inconscient ».

L'analogie avec le rêve s'impose à nouveau, mais elle prend cette fois un tout autre sens : dans le transfert comme dans les rêves, « le patient attribue à ce qui résulte de ces motions inconscientes réveillées un caractère de *présence* et de *réalité* ». Puis cette formule si forte, pour conclure, aussi forte et déconcertante que ce qu'elle rencontre : « *Il veut agir ses passions* [9]. »

Intemporalité, hallucination primitive : motifs derniers de ce que j'ai nommé l'attrait du rêve. Quête identique dans le transfert mais sur un autre registre et c'est alors une force d'attraction plus puissante qu'il faudrait invoquer. A la contrainte qu'exerce l'analyste – éloignez-vous de l'image, poursuivez les traces, verbalisez, associez, bref faisons ensemble une analyse – répond une autre contrainte qui est moins, notons-le, de répétition que d'incarnation. Comme si venait un temps – un temps nécessaire – où nous ne pouvions plus nous satisfaire de mots et d'évocations, de chaînes associatives, de liaisons et de déliaisons, de déplacements et de condensations. Nous exigeons la « livre de chair ». Nous exigeons d'être payés en nature et en personne, sans monnaie d'échange. Nous sommes las de voyager, d'aller d'une gare de triage à une autre, nous voulons du surplace. Il faut que la « chose » soit là, que le lien avec elle soit assuré – lien d'amour ou de haine, mais celui de la haine, on le sait, est plus stable, car il institue et fixe pour le moi l'objet, dans son statut de non-moi. Le patient « agit ses passions ». Au présent.

Que devient alors l'analyse ? La cause est-elle perdue dans le moment même où les affaires sérieuses commencent, où la passion, plus souvent sourde que déclarée, occupe le terrain ? Passion plus étrange encore que les passions ordinaires, l'objet en étant d'origine inconnue. Et cela, le patient le pressent, faisant le plus souvent en sorte de ne rien vouloir savoir de la vie privée ou des éventuelles prestations publiques de son analyste : il n'est qu'à lui. La « vie privée » est là, n'est que là, entre les quatre murs du cabinet analytique.

Étrangeté de ce transfert. Spécificité que génération après génération, analyste après analyste, nous éprouvons quotidiennement mais que nous avons tant de mal à cerner et à transmettre.

Car le transfert, et sous toutes ses formes – idéalisant, persécutif, d'amour et de haine –, les analystes ne sont pas les seuls, à l'évidence, à en être l'objet ou la cible – la littérature

romanesque en offre mille exemples : ils s'ins-
crivent dans la « série psychique » bien connue
du prêtre, du médecin, du professeur et du
maître. Autant de figures moins d'autorité,
comme on le dit parfois hâtivement, que de
détenteurs du secret : secret de l'âme, du
corps, du savoir, du pouvoir sur l'esprit.
L'analyste, en ceci le plus proche des parents,
étant supposé, lui, détenir le savoir sexuel
(mais cela est déjà inscrit dans les figures pré-
cédentes). Savoir qui, pour l'enfant assurément, pour l'adulte aussi bien, transcende tout
savoir – ce que méconnaît en son principe la
sexologie –, savoir qui ne peut pas se représenter ou ne se représente que de manière « génia-
lement » déformée (les « théories sexuelles »).
Un coït est observable, la jouissance ne s'observe pas. Et on a beau avoir assisté à une naissance, on n'en interrogera pas moins indéfini-
ment l'origine. Peut-être la scène primitive
n'acquiert-elle son statut d'événement réel que
dans le huis clos de l'analyse.

« Agir ses passions. » Le transfert est un
« agir », le transfert est une passion, non un
« dire » (ou alors un « dire» qui est « faire »),
et c'est ce qui rend si difficile, aussi bien pour
le patient que pour l'analyste, d'en parler. Un
rêve, sous réserve de s'en tenir au récit, et plus

encore si on le qualifie de « matériel onirique », peut être reconduit à un texte et, au
moins sur le papier, l'interpréter c'est le traduire. De même pour le contenu verbal d'une
séance. Mais le transfert ne se raconte pas, ne
s'écrit ni se traduit, il n'est pas un texte : d'où
l'insuffisance foncière de tout compte rendu
d'analyse, qu'il emprunte ou non la forme nar-
rative, qu'il soit histoire de cas ou mise en
place de fragments. Transmettre par l'écrit, en
vérité, ce qui fait l'analyse reste à inventer. Un
discours sur le transfert, comme celui que je
suis en train de tenir, est à la portée de tous.
L'ennui est que le transfert, dans sa violence
présente, échappe à l'ordre et à la violence du
discours. Mieux : il la contredit. Violence
contre violence.

La passion du transfert, Freud l'a surtout
décrite quand elle revêt la forme avouée de
l'amour et alors, lui si peu enclin au pathos
(alors que nos contemporains donnent volontiers dans l'« analyse pathétique » : souffrance,
solitude extrême, déréliction...) trouve des
images fortes. Ses « Observations sur l'amour
de transfert » restent un de ses textes les plus
saisissants, les plus courageux, où, avec ce
qu'il faut d'humour (l'inverse de l'ironie), rien
n'est éludé du déchaînement-enchaînement

que peut susciter l'analyse. Sans doute eussé-je pu me contenter de retranscrire ici dans leur entier ces pages si foncièrement dérangeantes. Rappelons au moins ceci : « Qu'elle qu'ait été jusqu'alors sa docilité [de la patiente] la voilà qui cesse de témoigner le moindre intérêt, la moindre compréhension pour son traitement [...] La *scène* a entièrement changé, tout se passe comme si quelque comédie eût été soudainement interrompue par un *événement réel,* par exemple comme lorsque le feu éclate pendant une représentation théâtrale [10]. »

C'est peut-être moins l'image du feu (la « flamme », le « feu », les « brûlures » des passions) qui doit nous retenir, ou même celle, avancée un peu plus loin, des « matières explosives » que manipulerait l'analyse, que l'opposition entre comédie et scène d'une part, et événement réel d'autre part. Le surgissement de l'événement – ici amour, ailleurs haine, mais aussi bien sous des formes moins accusées, moins voyantes, *tout* transfert – fait apparaître comme « comédie » ce qui, de façon plus ou moins tempérée, se représentait jusqu'alors sur la scène de l'analyse. C'est pourquoi associer selon l'usage scène et transfert – alors réduit à un répertoire de *dramatis personae* – me paraît inadéquat.

Si nous poursuivions la métaphore théâtrale, nous aboutirions au paradoxe suivant : la répétition, la « vraie » répétition, au sens freudien, que fait venir le transfert, est ce qui échappe à la représentation, à la scène représentée et figurée, et à la série de « répétitions » qui, la précédant, l'ont permise. Ou encore, pour recourir de nouveau à la métaphore ferroviaire, voici que nous sortons des voies déjà « frayées » : ça déraille.

La référence à l'inconscient comme *autre scène* (Fechner, épinglé par Lacan, repris et développé par Octave Mannoni) et même l'assimilation de l'inconscient à un *corps étranger* (ancêtre : Charcot) prennent alors une tout autre portée. Corps à corps psychique, si l'on peut dire, de l'amour et de la guerre.

On conçoit que, lorsque l'analyse en vient ainsi à parler le langage de la passion (mais la passion couve toujours et refait surface entre les groupes psychanalytiques et plus encore en leur sein), l'analyste, dans une situation inverse de celle de Ferenczi évoquant la confusion des langues entre l'enfant et l'adulte, soit tenté de se protéger par le langage de la tendresse : tentation à laquelle n'a sans doute pas échappé Winnicott en méconnaissant le père et surtout en recouvrant, avec la sollicitude de la

mère « suffisamment bonne », la femme excitante, désirable, égarée, dérobée et malicieuse... (quand on ne sait comment qualifier,
les adjectifs viennent en foule !).

L'événement réel

Bref pas en arrière. Dans le temps même où
Freud reconnaît pleinement, après l'avoir
longtemps tenu pour un obstacle, ce qu'il y a
non seulement d'inéluctable mais de nécessaire
dans l'expérience du transfert, il n'abandonne
pas pour autant l'idée première de transfert de
représentations. C'est dans le même passage
d'*Au-delà...* qu'il fait tenir ensemble les deux
affirmations. Passage bien connu mais qu'il
nous appartient toujours de méditer. D'une
part il y est dit que, contrairement aux « préférences » du médecin, le malade est obligé de
« répéter le refoulé comme expérience vécue
dans le présent », qu'il n'y pas moyen de faire
revenir à la mémoire tout le refoulé et peut-
être, est-il précisé, l'*essentiel*. Mais, d'autre
part, ce qui survient ainsi avec « une *fidélité*
qu'on n'aurait pas désirée [je souligne le mot
« fidélité » que j'ai avancé tout à l'heure] a toujours pour contenu un *fragment* de la vie
sexuelle infantile [11] ».

Autrement dit, nous ne sommes pas invités à rejeter dans un temps périmé la conception des transferts ponctuels, identifiables, d'une représentation à une autre, et à tenir pour seule valable, comme correspondant à un second temps de la démarche de Freud – temps qui serait aussi le nôtre –, celle qui fait du transfert l'unique moteur, souvent immobile, de l'analyse. Ces deux conceptions, il nous appartient de les penser *conjointement* dans la théorie pour pouvoir les *disjoindre* dans la pratique. Telle est la condition du *mouvement* de l'analyse.

Quel est donc cet « essentiel » qui se refuse à la mémoire, à la « remembrance », sinon ce qui a été nommé *réalité psychique* ? « Réalité psychique », encore une notion qui s'est affadie jusqu'à ne plus désigner qu'un « psychisme » mou, sans contours, voire un réservoir d'imaginaire propre à chacun, alors qu'elle vise en son fond l'irréductible du sujet, ce « noyau de notre être » dont les traces mnésiques, les « pensées de transition et de liaison » ne constitueraient que la périphérie. « Lorsqu'on se trouve, écrit Freud, en *présence* des désirs inconscients ramenés à leur expression la *dernière* et la plus *vraie,* on est bien *forcé* [revoici la contrainte] de dire que la réalité psychique est une forme d'existence particulière [12]. »

La répétition transférentielle nous confronte à, nous met en présence de, cette réalité-là, « la dernière et la plus vraie ». Elle est bien en effet cet *événement réel* évoqué à l'instant, ce feu au théâtre qui met fin à la représentation, mêle dans un grand désordre spectateurs et acteurs. Et c'est un événement : ce n'est pas arrivé jadis, cela arrive maintenant, cela advient. Étrange phénomène où se conjugueraient répétition et première fois. Plus ça se répète et moins ça s'use ; plus au contraire ça devient actuel. Ce qui se répète dans le transfert, s'agit dans la passion, n'avait donc pas eu lieu, n'avait pas trouvé son lieu psychique. On répète sans texte. « Ce soir on improvise. »

Qu'appeler contre-transfert ?

Si le transfert est bien ce par quoi s'exprime l'« essentiel », si la partie se gagne ou se perd sur ce terrain-là, nous sommes tout naturellement conduits à poser l'épineuse question du contre-transfert. Épineuse car nous oscillons là entre deux attitudes entre lesquelles il n'y a pas à choisir. L'une, tenue pour « dépassée », qui n'y voit que l'interférence de l'« équation personnelle », à redresser séance tenante, de l'analyste : s'il a été assez « profondément » analysé, à peine perçoit-il une manifestation contre-transférentielle, qu'il devrait s'empresser, pour en juguler les effets, de la ramener, avec le secours des vertus de l'auto-analyse, à ses sources subjectives. L'autre conception, qui prévaut aujourd'hui – n'exige-t-on pas du candidat demandant la validation de ses contrôles qu'il ait bien perçu et su utiliser son contre-transfert ? c'est devenu un critère –, tient pour une composante fondamentale de toute cure ce qui, en provenance de l'analyste, vient moins infléchir qu'informer la relation. Toujours la relation ! Après tout il est bien vrai qu'on ne dit pas les mêmes choses et surtout qu'on ne les dit pas de la même façon selon l'interlocuteur : celui-ci, on doit le ménager (il est fragile), celui-là, on se doit de l'attaquer (il est blindé, cherchons la faille). L'expérience des analyses successives est éloquente à cet égard.

Mais que d'équivoques dans tout cela ! Et d'abord, si le contre-transfert est l'homologue du transfert, que peut bien signifier en être conscient ? Voir ses points aveugles ? Et puis, à trop insister sur le contre-transfert, n'en vient-on pas à confondre la situation analytique avec l'échange de deux inconscients ? Le spectre de la « folie à deux », où nul ne peut décider qui est l'inducteur et qui est l'induit, n'est pas loin.

Essayons donc d'y voir un peu plus clair. Là, Freud ne semble pas pouvoir nous être de grand secours. A peine deux-trois indications [13], qui vont dans le même sens : « maîtriser » le contre-transfert, le « tenir de court » et, si besoin est, si l'auto-analyse ne suffit pas, reprendre une tranche, faire un brin de toilette. A défaut d'une asepsie totale, au moins soyons propres sur nous !

C'est aux générations suivantes qu'il appartiendra d'effectuer pour le contre-transfert une évolution comparable à celle qu'on prête à Freud à l'endroit du transfert : obstacle puis levier (encore que les choses, nous l'avons vu, soient moins simples).

On pourrait mettre en parallèle à cet égard deux articles de psychanalystes femmes. Celui d'Ida Macalpine, qui fit beaucoup d'effet à sa parution (1950) : le transfert n'est pas le seul fait du névrosé, de sa « disposition au transfert » ; il est produit par la situation, inductrice jusque dans le « setting », de la régression. L'autre, de Paula Heimann (même année), qui paraît bien timide aujourd'hui mais qui fit date parce qu'il préconisait l'utilisation des « réactions émotionnelles » de l'analyste dans l'interprétation elle-même [14]. Il n'est pas sûr que cette façon de voir aille contredire, comme le soutient Paula Heimann, la conception dite classique de l'analyste comme surface projective, miroir, écran. Elle lui assurerait plutôt une extension, l'analyste devenant une pellicule ultra-sensible et n'étant plus seulement ce bloc-notes magique enregistrant et gardant en mémoire des inscriptions.

On pressent pourtant le risque – celui d'une collusion, d'un méli-mélo – et on comprend la prudence de Freud. Certains partisans zélés du contre-transfert ne tiennent-ils pas des propos de ce genre ? « Je me suis mortellement ennuyé pendant cette séance, donc le patient cherche à me mortifier », ou : « Il m'est venu un fantasme érotique, donc il (ou elle) cherche à m'exciter. » Action immédiate directe, transmission sans détours, contamination. Émetteur-récepteur, agent-patient, on s'y perd dans cette relation qui mérite alors d'être pleinement qualifiée de *duelle,* où l'on ne saurait démêler le tien du mien, déterminer lequel est le reflet de l'autre.

J'ai tenté dans un texte déjà ancien – « Le mort et le vif entrelacés » – de démêler, justement, ce que recouvre le mot « contre-transfert » [15]. J'y différenciais quatre niveaux en autant de mots susceptibles de faire image plutôt que concept : entreprise, surprise, prise et emprise.

– L'« entreprise », c'est quoi ? Ce qui nous a conduits à devenir analystes et plus encore ce qui nous pousse à le rester. A quoi il ne peut y avoir que des réponses les plus personnelles qu'on ne saurait subsumer, comme on a voulu le faire un temps, sous l'intitulé : « le désir de l'analyste ». On peut regretter que nous ayons si peu d'échos, même lointains, de ce qu'a pu être, de ce qu'est pour chacun un tel trajet. Du devenir-analyste de Freud, nous avons quelque idée et ce n'est pas sa *Selbstdarstellung* qui nous la donne mais toute son œuvre de pensée – c'est cela l'autobiographie d'un créateur – car chacun sait qu'il n'avait aucun goût pour la confession intime et moins encore pour l'autoanalyse en public.

– Par « surprises », je faisais allusion à ces mouvements qu'il nous arrive de percevoir en nous – idées, émois – quand tel propos, telles associations du patient entrent en résonance avec tel point sensible de notre histoire ou de notre fantasmatique, tel défaut de notre cuirasse. Nous sommes alors touchés au vif, et cela est bien. Cela nous rappelle, s'il le fallait, non pas que nous sommes semblables à notre

patient, mais que nous sommes un patient.
(Tant d'analystes parlent de leurs patients
comme s'ils étaient supérieurs à ces « pauvres
petits » !)

— Par « prises », j'entendais quelque chose
qui est trop souvent défini comme étant le
contre-transfert alors qu'il s'agit de la place
que l'analysé nous assigne, où il cherche à
nous maintenir et dont il est parfois bien difficile de se déprendre, que ce soit celle d'un
tyran persécuteur, et alors toute interprétation
est transformée en intrusion, ou celle d'un
idéal, qui fait de nos moindres mots un oracle
prononcé par la « bouche de vérité ». Pour peu
que la place ainsi assignée se superpose à celle
qu'on s'assigne soi-même, les choses se figent.
Un exemple, caricatural, qui va m'offrir en
pâture aux sourires. Je me souviens d'un
patient qui attribuait à ma personne, et cela
sans une idéalisation trop marquée (à mes
yeux...) les qualités que je suis disposé, durant
mes bons jours, à me reconnaître (je ne dirai
pas lesquelles). Eh bien il me renvoyait de moi
une image si conforme à mes vœux – je ne dis
pas quand même : à ma réalité – que j'ai eu
bien du mal à m'en dessaisir. J'avais beau me
dire : comment débusquer la rivalité ? Où se
tapit l'agressivité ? Chercher du côté de la

mère – il me berce de douces paroles comme il rêve d'en avoir été bercé –, du côté du père – par le miroir flatteur qu'il me tend, il nous met hors d'atteinte, moi de ses coups, lui des miens et reste ainsi bien au chaud avec une mère toute à lui ; ou encore : il se déprécie ostensiblement pour mieux me réduire en fin de compte à rien. Rien n'y faisait. Nous sommes restés ainsi quelque temps enchantés l'un de l'autre. On ne se méfie jamais assez du consentement mutuel, y compris de celui qui ponctue souvent la fin de l'analyse : « J'ai terminé, *en plein accord* avec mon analyste. » Oui, face au consensus, là comme ailleurs, méfiance. Préférons-lui la lutte aux couteaux ou l'amour fou !

– Je mettais surtout l'accent sur le quatrième registre, qualifié d'« emprise » et qui me paraît le plus spécifique du sens, on le voit, restreint, que je donne au contre-transfert. Cette emprise, certains patients – et il ne me paraît pas opportun de les rattacher exclusivement à telle ou telle entité nosographique, fût-ce celle des « états-limites » – l'exercent avec une violence psychique toute particulière. Le cas le plus repérable est assurément celui déjà dépeint par Ferenczi et sur lequel je suis revenu à partir de ma propre expérience, où le patient suscite chez son analyste une paralysie de la pensée, une immobilisation de la psyché qui peut entraîner aussi celle du corps. Rien ne bouge, rien n'a plus le droit de bouger, on est comme frappé d'interdit : absence de pensées, de représentations, constriction corporelle. Ce que j'avais appelé être touché cette fois non au vif mais au mort.

On devrait pouvoir dégager d'autres formes d'emprise. Harold Searles en a donné, fort de son travail de longue durée avec des psychotiques, d'émouvantes illustrations cliniques. Bion sans doute aussi avec ses « objets bizarres » [16]. Chacun, dans ce domaine, ne peut que faire appel à son expérience singulière, l'expérience d'une *altérité* fondamentale où nous sommes débordés par ce qui, *en nous, arrive*.

Certes on pourrait dire que nous avons affaire là à un type particulier de réaction (de réaction passive si l'on peut dire : nous ne nous sentons pas passifs mais « passivés »), le patient transférant *en* nous plus que *sur* nous, pour s'en délivrer, sa folie privée, sa puissance destructrice ou, en termes kleiniens, ses mauvais objets. On pourrait aussi donner ici au *gegen* son plein sens de « contre » : nous voici *contrés* dans nos capacités, rendus incapables, tout absorbés que nous sommes par la douleur de ne plus être à même de représenter, de fantasmer, d'associer, de ne plus nous sentir autre chose que ce que le patient *fait* de nous. Ce n'est plus du tout un rôle qu'il nous assigne. Il nous atteint dans notre être : son « effort » pour nous rendre fou (selon la formule de Searles), pour nous rendre idiot, malade, pour nous faire peur, va-t-il aboutir ? D'être un objet partiel, un objet « petit *a* », c'est acceptable. Un objet inanimé, c'est plus dur. Et pourtant, ce n'est là que l'extrême du *changement d'état.*

La capacité de migrer

Or c'est dans le changement d'état qu'est le ressort de l'analyse, que réside cette spécificité que nous cherchons ici à approcher, qui est à la fois pour les deux protagonistes une évidence et une réalité incernable. Si mon propos a un sens – je m'en aperçois en cours de mon chemin incertain, même si j'ai pris soin de le marquer de quelques balises freudiennes –, il tient dans ce mot de *migration* qui m'est venu. Migration d'une représentation *à* une autre, d'un sujet *vers* un autre, d'un monde interne *dans* un autre. Au cours de mon bref survol du destin du mot « transfert », nous l'avons vue aussi à l'œuvre. Oui, le mot « transfert » est un mot qui bouge, qui migre, comme la chose qu'il voudrait désigner. Et cette capacité migratrice, il faudrait la reconnaître dans la psychanalyse elle-même. Je pense ici à un mot venu sous la plume de Freud auquel j'aimerais donner une plus large portée que celle que lui confère son contexte. On le trouve dans une lettre adressée à Max Eitingon au moment où le problème de l'analyse pratiquée par les non-médecins menaçait d'ouvrir une crise grave dans ce qui pouvait encore à cette date (1926) s'appeler la « communauté » psychanalytique. Si nous laissons chaque Société, écrit Freud en substance, régler le problème comme bon lui semble, « nous perdrons le privilège dont nous avons joui jusqu'à présent, celui d'émigrer comme nous l'entendons [17] ».

Certes, il ne pressentait pas alors sa propre émigration, forcée celle-là, quelques années plus tard. Mais sans doute n'avait-il pas oublié ses premières migrations : de Freiberg à Vienne, de l'étude du système nerveux à celle de ce qu'on appelait alors les « maladies nerveuses » (d'où dérive le mot, resté actuel, de « névroses »), de l'observation au microscope des anguilles de Trieste à l'écoute, attentive aux détails jusqu'alors inaperçus, des jeunes

Viennoises. Et pour y trouver quoi ? La bisexualité des unes et des autres... La *libido sciendi* ne cesse de se déplacer, de changer de lieu et d'objet. Elle voyage et, en voyageant – Rome, Pompéi, l'Acropole, les longues promenades en montagne –, change de visage : parfois elle revêt un masque tragique, parfois elle emprunte les traits et la démarche légèrement claudicante de la Gradiva.

Ce qui est revendiqué là, dans ce « privilège d'émigrer », n'est-ce pas ce qui définirait la psychanalyse comme une discipline essentiellement migrante ? D'une langue – et d'un dialecte – à l'autre, d'une culture à l'autre, d'un savoir à l'autre, avec les risques qu'un tel *transfert* comporte ? La psychanalyse ne se déplace pas avec ses armes et bagages : c'est méconnaître sa fonction que d'*appliquer* ses concepts, que d'imposer ses grilles de lecture. Elle est un mouvement plus qu'une institution, plus même qu'une histoire : un mouvement qui, comme dans la cure, va par détours, inflexions, procède par spirales, connaît des butées et des avancées.

On a beaucoup parlé de la résistance au changement, celle de l'analysé bien sûr, mais pas du tout de celle des analystes. D'un article récent de Maurice Dayan, qui traite du changement, je donnerai ici seulement le titre « L'impossibilité de se défaire de soi [18]. » Eh bien ! une analyse à mes yeux n'est opérante que si l'analyste consent à se *défaire de soi* : par quoi il convient d'entendre non seulement les images qu'il peut avoir et vouloir donner de sa personne, les certitudes que peuvent lui donner son savoir, son savoir-faire et la petite théorie portative qu'il s'est fabriquée, mais aussi, plus radicalement, ce qui s'est peu à peu constitué comme son « soi-analyste ». Peut-être n'opère-t-on en analyste que si on est parvenu à se guérir du désir affirmé d'être analyste. Quand Winnicott dédie un de ses livres « A mes patients qui m'ont tout appris », il ne fait pas allusion à un surcroît d'expérience clinique qu'il leur devrait – ce à quoi tout analyste, tout médecin peut souscrire – mais à quelque chose de bien plus fondamental : une analyse ne trouve vraiment son efficacité que si elle fait vaciller les repères, modifie le régime de pensée et, osons le mot, l'*être* de l'analyste.

L'épreuve de l'étranger : ces mots venus de Hölderlin, nous en vérifions dans notre métier à chaque instant la pertinence [19]. Un métier qui nous confronte toujours au fond à cette seule question : pourquoi, pour pouvoir éprouver et reconnaître en soi l'étranger, avons-nous besoin d'un autre étranger ? Pourquoi cet autre nous est-il indispensable pour devenir un *je* qui ne soit pas réduit à une fonction grammaticale ? L'étranger, c'est d'abord, au plus manifeste, cet inconnu qui vient vers nous et qui ne nous est rien. C'est ensuite, dans un premier temps, celui qui évoque une histoire à mille lieues de la nôtre, qui se bat avec et se complaît dans des symptômes qui nous feraient sourire ou nous irriteraient si nous n'étions pas dans notre fauteuil professionnel, qui s'enferme dans des impasses dont nous croyons être sortis. Cela peut nous intriguer, nous fasciner, nous lasser comme peut l'être tout voyageur en terre étrangère (je ne dis pas le touriste qui pense déjà au jour où il retrouvera son « chez-soi »). Que sont donc ces manières de vivre, de se nourrir, d'aimer ? Qu'est cette langue à laquelle je n'entends rien mais qui est une langue, c̄'est-à-dire, pour ceux qui la parlent et ne sont pas linguistes, tout le langage ? Que sont ces liens de parenté si contraignants et si aberrants par rapport à ceux auxquels nous sommes soumis sans nous en apercevoir ? Et puis, peu à peu, nous migrons non pas *dans* – nous n'allons pas nous confondre avec, à chacun son sol natal – mais *vers* cette terre, cette langue, ce système étrangers. Alors l'analyse commence. Et puis encore, c'est quand nous devenons familiers – *heimlich* – avec ce monde-là, trop familiers peut-être – le temps est venu où nous pouvons légitimement dire : *mon* patient –, c'est alors que l'*épreuve* (je ne récuse pas la résonance initiatique du mot) prend un autre tour. Elle s'intériorise. L'étranger, l'altérité est en nous. C'est cela que je visais dans l'acception que je donne au contre-transfert : transfert en nous de l'étranger, de ce qui est le plus étranger au patient.

La spécificité serait là. Parler à ce propos de création est excessif : une analyse n'est pas une œuvre, encore moins une œuvre d'art, alors qu'il arrive qu'une névrose en soit une, et une grande, Freud le disait de celle de l'Homme aux rats. Pourtant il s'est produit dans la rencontre entre deux étrangers et entre ce qu'il y a de plus étranger en chacun quelque chose qui ne peut se produire ailleurs : l'*événement réel*.

Après, il y aura d'autres transferts : on aimera, on travaillera, on « sublimera ». Les séries psychiques sont infinies : nous aurons d'autres amis, des collègues que nous prendrons pour des frères – faux et vrais –, des élèves que nous tiendrons pour des fils – soumis et révoltés –, nous connaîtrons des femmes que nous aurons appris à tenir à bonne distance de la « représentation incestueuse » avec la mère. En bref, nous nous sentirons moins asservis et plus aptes à repérer les marques de notre asservissement, donc, pour répondre au vieux souhait freudien, mieux à même de différencier le présent du passé, c'est-à-dire d'accueillir le *présent* comme un don plus que comme une survivance. Mais le transfert agi, éprouvé dans l'analyse, produit par elle, ne se transfère pas. Il a beau être oublié, comme le rêve, dans les mouvements qui l'ont parcouru – sa scansion de plaintes, de pleurs, de ressentiment et de plaisir, ses hauts et ses bas –, il est inoubliable dans l'événement, dans l'avènement qu'il a été. Telle est sa force d'attraction.

L'inquiétude des mots

Le langage à l'abri du désastre

Le Viennois Karl Kraus qui, comme Lichtenberg, avait le goût des aphorismes, donc de la lucidité décapante, a écrit ceci : « Il y a deux sortes d'écrivains. Ceux qui le sont et ceux qui ne le sont pas. Chez les premiers le fond et la forme s'appartiennent comme l'âme et le corps. Chez les seconds ils s'adaptent comme le corps et le vêtement [1]. »

Je ne suis pas sûr qu'on puisse soutenir que Freud était un « grand écrivain ». Se prévaloir pour l'affirmer du fait qu'il ait reçu le prix Goethe n'est pas un argument recevable. Il semble bien que ce prix prestigieux lui a été attribué pour ses découvertes de chercheur, d'« incomparable explorateur des passions humaines », non pour en faire l'égal des grands créateurs littéraires [2].

Cette réserve faite, on peut, je crois, reconnaître, pour reprendre les mots de Kraus, que l'âme de Freud habitait le corps du langage. C'est qu'en lui l'écrivain n'est pas séparable ni de la chose qu'il découvre ni de la cause qu'il promeut et défend (un même mot, *die Sache*, désigne l'une et l'autre). Il peut légitimement nous dire, avec une fierté et une modestie égales : « Je crois que j'ai tout fait pour rendre accessible aux autres ce que je savais et dont j'avais fait l'expérience [3]. »

Une déclaration, parmi tant d'autres, qui témoigne d'une confiance extraordinaire dans les ressources du langage. Extraordinaire pour nous qui avons perdu cette confiance. Mais sans doute allant de soi pour lui qui reste, par sa formation, ses goûts, ses références culturelles, un homme de l'*Aufklärung*. Rappelons-nous ce mot qu'il cite du petit garçon qui a peur du noir : « Du moment que quelqu'un parle, il fait clair [4]. » Un homme des Lumières d'autant plus intrépide que ce qu'il soumet à la loi du langage, c'est le monde noir du *Sturm und Drang*, le monde des pulsions et des jouissances ignorées, des tourments de l'âme, de la folie cachée.

De cette contradiction naît la tension de l'œuvre. Freud, c'est aussi bien le didactisme de l'*Abrégé* que le fragment poétique du « Trouble de mémoire sur l'Acropole », la *Phantasie* spéculative et sans frein d'*Au-delà du principe de plaisir* que la sagesse empreinte de renoncement du *Malaise dans la culture* ; Freud, c'est aussi bien celui qui décortique inlassablement ce petit rien qu'est un trait d'esprit (comme s'il se souvenait des années passées l'œil rivé au microscope des laboratoires d'anatomie et de physiologie nerveuses) que l'homme déjà âgé qui tombe littéralement en arrêt, saisi, devant le *Moïse* de Saint-Pierre-aux-Liens.

Il y a dans la théorie de quoi fonder une telle confiance, jamais démentie, dans le langage, dans son extension, dans ses pouvoirs qui relèvent de la magie. Les mots étaient « magie à l'origine », rappelait Freud, et l'analyse est une « magie lente [5] ».

Je dis confiance jamais démentie car, même une fois pleinement reconnue la puissance « démoniaque » de la pulsion de mort, elle ne sera pas altérée. Alors qu'est toujours soulignée avec plus d'insistance (que l'on pense, par exemple, au texte « Analyse finie et indéfinie ») la retombée, l'incidence sur la cure des effets de la pulsion de mort, celle-ci n'exerce pas ses ravages sur le langage ni sur l'œuvre écrite, qui continuera toujours à témoigner du progrès de la vie de l'esprit, de la supériorité de la *Geistigkeit* sur la *Sinnlichkeit*. N'y aurait-il partout, dans le monde interne ou externe, que dislocation, fragmentation, destruction sans merci, partout que ruines et cendres, le langage tiendrait bon ! L'œuvre de pensée serait épargnée. Thomas Mann, l'auteur de *Noblesse de l'esprit*, fut l'un des premiers à saluer le génie de Freud. Mais Stefan Zweig aussi, auteur, lui, de *La Guérison par l'esprit* – qui se suicidera en 1942 dans l'exil, ne pouvant plus supporter ni admettre *ça* : geste ultime pour affirmer son *humanité*.

Freud avait assurément le sens du tragique (bien différent du « pessimisme » qu'on lui prête). Mais, alors même qu'il doutera de plus en plus de l'efficacité d'une simple « cure par la parole », alors même que, rongé par le mal qui dévorait sa bouche, il ne pourra plus guère parler, il continuera à écrire – les pages de *L'Homme Moïse* qui ont précisément pour titre « Le progrès dans la vie de l'esprit » –, et, jusqu'au dernier jour, à lire – ce sera *La Peau de chagrin* : « C'est maintenant juste le livre qu'il me faut, il dit le rétrécissement et l'inanition [6]. »

Le Wunderblock

Cette étrange assurance qu'il y a dans les signes quelque chose qui reste, qui résiste à toutes les épreuves – du temps, du deuil, de la souffrance –, à toutes les pertes, on peut en déceler le germe dans la conception de l'inconscient comme système d'*inscriptions*, conception qui trouvera une représentation matérialisée dans le *Wunderblock* – ce petit appareil que tout un chacun pouvait se procurer dans les papeteries, un demi-siècle avant que ne triomphe l'ordinateur ! Ce bloc-notes magique avait trois couches : la feuille de celluloïd où Freud voit l'équivalent du *Reizschutz*, du pare-excitation, surface protectrice et filtrante ; le papier ciré, surface réceptrice, équivalent du système perception-conscience qui accueille les excitations mais ne retient rien ; la tablette de cire enfin, équivalent des systèmes mnésiques. Le tout livré avec un fragile poinçon qui imprime sa marque : stylet-style.

Le lien entre écriture et inconscient, entre inconscient et mémoire, est ici évident. La mémoire freudienne est un scribe, si distante en cela de ce qu'un Michelet ou un Proust ont pu désigner comme mémoire – résurrection intégrale, temps retrouvé supposant que la perception originelle peut être recréée, qu'elle se maintient intacte, inaltérée, telle quelle, à travers les années. Mais comme elle est proche, cette mémoire, du *Je me souviens* de Georges Perec, ce patient scripteur de l'effacé, cet inlassable chercheur des traces de l'absence qui s'est astreint à composer tout un livre sans utiliser la lettre la plus indispensable, la moins *interchangeable* de notre alphabet [7]. (Quand je pense que nos critiques les plus avisés n'ont vu dans ce livre de la mère disparue qu'un exploit, qu'un exercice de style !)

Pourtant, même dans le cadre de la première topique, la portée du modèle de l'inscription trouve ses limites et comme sa faille originaire dans la différence fondatrice, déjà évoquée, entre représentation de chose et représentation de mot. La première se veut possession de la chose même, elle veut réduire, jusqu'à l'ignorer, l'écart, le défaut, la défaillance qui sont le lot de la seconde. Mais je n'ai, au fond, fait que répéter cela dans mes propos tant sur le rêve que sur le transfert, c'est cette chose hors d'atteinte (sauf dans une toute-puissance imaginaire) qui aimante nos mots. Le langage est perte, il ne le sait que trop, il ne sera jamais, même dans la poésie, accès immédiat à la chose, il est en deuil, mais il ne serait rien de plus qu'un code s'il n'était de part en part animé par son inachèvement, s'il n'était porté par et emporté vers ce qu'il n'est pas. Par là, me semble-t-il, parole en analyse et écriture sont parentes, qui font de la perte une absence. Tout à la fois excitation et dépression sont alors nécessairement au rendez-vous.

Quand Freud est à la recherche de la représentation inconsciente pathogène, il vise bien ce point asymptotique d'où émanent les traces. D'où la question : quand Lacan assimile la représentation à la trace, c'est-à-dire tend à effacer tout ce qui dans la représentation serait reliquat d'image mais aussi ce qui en elle vise à « rendre présent », puis quand il réduit la trace au « signifiant » – qu'il soit identifié comme verbal ou, surtout chez certains disciples, comme non verbal ne change rien à l'affaire – n'y a-t-il pas là, en fin de compte, malgré les apparences, une dévaluation de la fonction du langage ? Le paradoxe de l'écriture, c'est qu'elle ne cesse de fortifier l'empire des signes pour, dans le même mouvement, en récuser la tyrannie. Pour célébrer ce qui est en deça, au-delà des frontières dudit empire.

Mais voici que je m'engage là où je ne veux pas aller. Car il n'y a rien de plus présomptueux que de prétendre répondre à la question : qu'est-ce qu'écrire ? La poser même est incongru. Une réponse d'ordre général est manifestement exclue tant sont infinis les modes d'écriture : du traité philosophique au poème, du journal intime au roman, du livre de raison à la biographie. Ce n'est pas seulement la variété des « genres » qui est en cause, ni leur apparition ou leur déclin à tel ou tel moment de l'histoire et au sein d'une culture donnée. Mais il est improbable que ce qui faisait écrire Platon résulte des mêmes exigences que celles auxquelles a été soumis Kafka, ou qu'on puisse attendre des réponses, je ne dis pas même similaires mais comparables entre elles, de la part de Mme de La Fayette et d'Artaud ! La réponse, c'est le livre seul, c'est l'œuvre qui la donne, non les déclarations. Et alors, même formulée dans ces termes : « Qu'est-ce qu'écrire, *pour vous* ? ou « Qu'est-ce qui *vous* pousse à écrire ? », la question n'a sans doute pas de raison d'être, pour peu qu'elle soit posée à un écrivain. Aussi bien celui-ci sait-il s'y dérober : « Bon qu'à ça ! [8] »

Mais on est en droit de la poser, cette question, à un psychanalyste. Quelle mouche le pique qui le fait ainsi quitter son fauteuil pour l'écritoire ? Pourquoi lui, voué plus qu'un autre à la transmission orale – que ce soit dans la cure, les « contrôles » ou les séminaires –, à ce qui se dit par une voix sur fond de silence et du bruit, parfois de la fureur, des mouvements pulsionnels, va-t-il recourir à l'écrit, nécessairement soumis à ses exigences propres ? Pourquoi lui, dont toute la pratique repose sur ce que les Anglais nomment *privacy*, va-t-il au-devant d'un public ?

Certes, les réponses simples, voire triviales, ne manquent pas. Après tout, le psychanalyste n'échappe pas au sort commun. Pourquoi n'obéirait-il pas au louable souci « scientifique » de communiquer ce qu'il a découvert ou cru découvrir dans ses cures ? Pourquoi serait-il exempt du plaisir « narcissique » inhérent à l'image supposée flatteuse qu'il donnerait alors de ses talents ? Et puis, qui échappe de nos jours à la surestimation de l'écriture, si perceptible en France surtout, grand pays graphomaniaque – à croire que même nos éminences redoutent de ne pas exister vraiment tant qu'elles n'ont pas publié au moins un livre ?

Pourtant ces données de fait prennent, avec le psychanalyste, un tour particulier. Dans son cas, *se faire un nom* doit aussi s'entendre en un sens littéral, celui de se donner un nom propre, car, plus que tout autre, il se voit conférer, par l'effet du transfert, tant de noms qui ne sont pas le sien ; écrire, pour lui, serait un moyen privilégié de cesser d'être un « prête-nom », de se voir reconnu (au-delà de la reconnaissance sociale). Devenir *auteur* pourrait aussi s'entendre littéralement pour celui qui s'est rendu disponible, à longueur de temps, à tant de personnages en quête d'auteur... Quant au souci de communiquer son expérience et ses hypothèses, il répond, selon moi, à bien d'autres impératifs que celui de faire bénéficier ses collègues de ses propres réflexions : c'est une mise à l'épreuve, comparable à celle qu'a constituée le « contrôle » au temps de la formation. Le tiers, c'était alors le « contrôleur », et voici qu'il devient le lecteur (et on est déjà son lecteur dès l'instant où l'on écrit). Comment l'analyste pourrait-il se passer de cette épreuve du tiers qui vient comme l'assurer qu'il n'est pas seulement la proie de sa propre fantasmatique, qu'il doit à la fois « divaguer » – sans quoi il n'y a pas d'invention – et donner à ses pensées les plus étranges une forme assez consistante pour que l'autre puisse en percevoir les contours et en apprécier la validité.

L'écrit, enfin, n'est pas à mes yeux un accessoire de l'activité analytique. D'abord, qu'on me pardonne cette évidence, sans l'œuvre *écrite* de Freud, nous ne manquerions certainement pas de thaumaturges ni de bricoleurs de l'âme, mais il n'y aurait pas de psychanalystes : Freud, qui n'a jamais dissocié l'écriture de sa pratique, qui n'a cessé d'emboîter l'une dans l'autre, qui a toujours trouvé dans la littérature, les mythes et les contes une source d'inspiration au point que, pour beaucoup aujourd'hui, le roman c'est « Dora », le dialogue philosophique c'est « Le Petit Hans » ; et le « Discours sur l'origine des langues » c'est le président Schreber qui le tient ! Et puis écrire, même chez celui qui se veut praticien, rien que praticien, cela commence avec les mots qui s'impriment dans sa tête et qui lui reviendront bien plus tard quand il les croyait perdus, cela se dépose en vrac dans les quelques notes jetées sur une feuille après une séance ; cela se fait parfois, le soir venu, sur les pages d'un cahier qui ne sera jamais montré à quiconque comme s'il nous fallait là moins mettre de l'ordre dans nos pensées que nous prémunir contre un risque d'envahissement, nous ressaisir, reconquérir une identité mise à mal, tenter de restaurer une unité par trop menacée.

D'où vient cette urgence que nous ressentons parfois qui nous pousse à donner une forme, même incertaine, à ce qui à la fois nous tenaille et nous échappe ? Bien des analystes en ont témoigné : ce ne sont pas les analyses qui « marchent », c'est-à-dire celles qui favorisent de part et d'autre les associations et l'élaboration, ni celles qui confirment nos théories et satisfont à nos attentes, ce ne sont pas celles-là qui appellent l'écritoire. Pourquoi recourrait-on à la « scène de l'écriture » quand la « scène de l'analyse » est suffisamment animée, la parole douée de son éloquence propre et que le drame se joue et se construit devant nous, avec nous ? Mais que le désert gagne du terrain, que, par un effet de « trop-plein » ou de vacuité, notre capacité de ressentir comme notre appareil à penser soient débordés ou évidés, que la destruction, surtout, l'emporte sur ce que nous avions cru patiemment, morceau par morceau, édifier, alors il nous faut un autre « contenant » – le cahier –, il nous faut un « bloc-notes » bien réel qui ne soit pas une métaphore et que nous puissions tenir bien en main et conserver. Ce qui pousse le psychanalyste à écrire n'est sans doute pas de même nature que ce qui l'autorise à dire. Peut-être la passion d'écrire résulte-t-elle parfois de l'impuissance à dire, et même à penser. Peut-être n'écrit-on qu'à partir de son aphasie secrète, pour la surmonter autant que pour en témoigner [9].

Transformations

Pouvons-nous transposer dans l'écrit la libre association parlée, les remémorations soudaines venant parfois par vagues, le plus souvent par un détail inattendu, les oscillations et les renversements transférentiels, les contradictions et l'incohérence, les répétitions et la discontinuité du discours ? Je ne le crois pas. Chercher à reproduire, à *mimer* ce que nous nommons processus primaires est, sous couvert de plus de véracité, un exercice artificiel comme ont pu l'être les tentatives de peintres et de cinéastes pour exprimer en images plastiques ou filmiques nos rêves nocturnes. Giorgione à mes yeux est plus onirique que Salvador Dali.

L'expression directe de l'inconscient est un leurre, la figuration immédiate d'un rêve impossible. Autrement, nous serions tous peintres, nous serions tous poètes. Et, ne l'oublions pas en ce temps où l'on vante à l'envi la créativité de tout un chacun, la poésie est une science exacte, la peinture un métier et la littérature un style !

Comme éditeur j'ai eu l'occasion de lire de nombreux manuscrits d'analysants désireux de rester au plus près des mots dits et entendus comme des émotions éprouvées au cours de leurs séances. Si touchante que pouvait être leur sincérité, si respectable leur souci de restituer telle quelle l'expérience qu'ils avaient traversée, c'était, pour le lecteur, un fiasco. La raison en est simple. En associant, jusqu'à en faire un tout, au rêve, au deuil, le mot *travail* – en une formulation paradoxale, même si elle est devenue banale pour les usagers que nous sommes –, Freud manifestait que des activités d'apparence aussi simple, aussi évidente que rêver, éprouver puis surmonter une perte n'étaient pas une mince affaire. Il en va de même pour qui entreprend d'écrire. Travail, ici comme là, n'implique pas nécessairement effort et peine, la sueur et les larmes, il signifie *transformation*. Le rêve transforme des sensations présentes, des restes de la veille, visages et souvenirs, personnes et lieux : il est un laboratoire. Le deuil transforme l'objet perdu, l'incorpore et l'idéalise, le fragmente et le recompose, et il lui faut du temps pour ce faire. Mais l'analogie avec l'écriture ne tient pas seulement dans le travail : écrire c'est aussi rêver, c'est aussi être en deuil, se rêver (et rêver le monde, pour les plus grands), être animé d'un désir fou de possession des choses par le langage et faire à chaque page, parfois à chaque mot, l'épreuve que ce n'est jamais ça ! D'où la fébrilité, voire l'exaltation maniaque, et la mélancolie qui accompagnent toujours, en alternance, l'acte d'écrire.

L'expérience analytique n'ignore pas une telle alternance et l'on pourrait multiplier les points de convergence. Mais il restera toujours une différence majeure : la parole qu'autorise le divan, j'y insiste, ne fera jamais *œuvre*, elle n'est efficace qu'à condition d'accepter de s'égarer, alors que tout écrivain, et même l'écrivain amateur que je suis, sait qu'il lui faut être constamment attentif au choix des mots justes, à leur sonorité, au mouvement de la phrase, au rythme, à la forme que peu à peu son livre va prendre. C'est à ce prix qu'il a une chance de transmettre à son lecteur inconnu quelque chose en quoi celui-ci puisse se reconnaître à son tour.

Souci taraudant du mot juste ! A ne pas confondre – c'en est tout le contraire – avec la quête obsessionnelle du seul sens strict que donnerait la consultation du dictionnaire qui, heureusement, en délivre toujours plus d'un. Vive la polysémie et l'instabilité des mots de la langue commune ! Par « mot juste », j'entendrais plutôt le mot qui rend justice. Mais à quoi, à qui ? Le mot n'est pas adéquat à la chose – il n'est pas un justaucorps qui enserre tout mouvement ; il est soumis à la chose et, dans le même temps, il la crée, il la fait être. Et c'est là que l'« écrivant », qu'il s'agisse de psychanalyse, de fiction ou de cette forme particulière de fiction qu'est l'autobiographie – cette graphie de soi qui constitue un *je* par l'écrit – connaît le même trouble.

Exemple : pourquoi, si nous voulons rapporter, fût-ce par fragments, une « histoire de cas », sommes-nous si gênés quand nous sommes amenés, par discrétion nécessaire, à modifier un prénom, la profession exercée, une date ? Qu'importe, après tout, si Pierre devient Paul, si nous lui assignons comme lieu de vacances la côte basque plutôt que l'Auvergne, si nous en faisons un médecin au lieu d'un avocat ! Le plus souvent, il le faut bien, nous passons outre ce scrupule. Mais, très vite, s'impose l'évidence d'une tricherie. Peut-être le lecteur n'y verra que du feu, c'est à nos propres yeux que toute conviction fait défaut. A tout prendre, mieux vaudrait inventer le cas, de part en part, plutôt que de modifier ceci, d'effacer cela, quitte à faire dans la littérature ; au moins nous « mentirions vrai » !

Ce que nous éprouvons alors, ce sentiment qu'il y a de l'irréductible, de l'infalsifiable – et précisément là où une transposition paraît sans risques – est au cœur de la difficulté de l'écrit psychanalytique. Je ne me réfère pas ici aux écrits traitant *de* la psychanalyse (propositions théoriques, gloses freudiennes, travaux épistémologiques, leçons d'école, etc.), qui ont leur nécessité, mais à ceux qui aimeraient transmettre l'objet, non objectivable, et le trajet, non programmé, de la psychanalyse *in vivo* et qui ont le projet d'instituer avec leur lecteur quelque chose comme un transfert, c'est-à-dire un lien *au présent* avec un *absent*.

Y a-t-il alors une différence essentielle entre l'écrit psychanalytique et l'écrit dit de fiction ? Je n'en suis pas convaincu. Si je m'en tiens à mon propre « cas », c'est de la même plume, en puisant aux mêmes sources oubliées, dans une semblable disposition de l'esprit et avec un même plaisir à me laisser séduire par la force d'attraction de la langue, que sont venus *L'Amour des commencements* et *Perdre de vue*. L'ambition et son échec sont les mêmes : se fier au faible pouvoir d'incarnation des mots, en leur « magie lente » et se méfier de leur arrogance, tenter de les faire siens, y trouver un abri, y loger l'incertitude qui parfois permet de trouver, mieux que le mot juste, le nom *propre*, celui qui a une chance de nommer, et non de saisir, l'*étranger*.

Écrire, ce n'est pas exprimer ou communiquer, ni même dire, moins encore, comme le serinent trop d'esprits forts de nos jours, « produire du texte ». C'est vouloir donner forme à l'informe, quelque assise au changeant, une vie – mais combien fragile, on le sait – à l'inanimé. Ce que l'auteur et le lecteur espèrent alors obtenir, ce n'est pas, comme c'est le cas de l'écrit scientifique, une vérité probante ni même un fragment unique de vérité, mais l'illusion d'un commencement sans fin. Promesse d'une analyse « réussie » comme d'un livre abouti : l'avenir du passé. *Wo es war...*

Tant qu'il y aura des livres, personne, jamais, n'aura le mot de la fin.

Notes

L'attrait du rêve

1. Version latine du *Good enough environment* de Winnicott.

2. Repris dans « L'Imaginaire », Gallimard, 1978.

3. Cf. René Laloue, « La pensée malade de la peste », *Nouvelle revue de psychanalyse,* n° 25 (« Le trouble de penser »).

4. Postulat affirmé nettement dans les *Conférences d'introduction à la psychanalyse :* « Ne doit être considéré comme étant le rêve que ce que le rêveur raconte » (Gallimard, p. 109).

5. Karl Philipp Moritz, *Anton Reiser,* Fayard, 1986, p. 41.

6. Cf. *Conférences d'introduction à la psychanalyse, op. cit.,* p. 79 : « Non seulement l'étude des rêves constitue la meilleure préparation à celle des

névroses mais le rêve lui-même est un symptôme névrotique, et un symptôme qui présente pour nous l'avantage inappréciable de pouvoir être observé chez tous. »

7. *Au-delà du principe de plaisir*, in *Essais de psychanalyse*, « Petite Bibliothèque Payot », p. 75.

8. Patrick Lacoste, *L'Étrange Cas du professeur M.*, Gallimard, 1990, p. 205.

9. *Correspondance Freud-Abraham*, Gallimard, 1989, lettre du 9 juin 1925.

10. S. Freud, *L'Interprétation des rêves*, PUF, p. 464.

11. S. Freud, *Complément métapsychologique à la théorie du rêve*, in *Métapsychologie*, Gallimard, p. 121.

12. Cf. G. Didi-Huberman, *Devant l'image*, Éd. de Minuit, 1990, plus particulièrement le chapitre 4 : « L'image comme déchirure ».

13. Ces pages sur les *Cahiers* de Valéry sont reprises de mon article « L'éveil du rêve » paru dans le numéro 39 de la *Nouvelle revue de psychanalyse*.

14. Paul Valéry, *Cahiers, 1894-1914*, édition intégrale établie, présentée et annotée sous la responsabilité de Nicole Celeyrette-Pietri et de Judith Robinson-Valéry, Gallimard, vol. I, 1987 ; vol. II, 1988.

15. L'impression est encore plus forte avec l'édition en fac-similé du CNRS.

16. Cité par Albert Béguin, *op. cit.*, p. 126.

L'étrangeté du transfert

1. S. Freud, *Abrégé de psychanalyse,* trad. fr., PUF, p. 42.

2. S. Freud, *Sur la psychanalyse,* Gallimard, p. 59.

3. S. Freud, *Études sur l'hystérie,* trad. fr., PUF, p. 233.

4. S. Freud, *Fragment d'une analyse d'hystérie (Dora),* in *Cinq psychanalyses,* trad. fr., PUF, p. 86.

5. S. Freud, *L'Interprétation des rêves, op. cit.,* p. 478-479, trad. fr., PUF.

6. Cf. M. Neyraut, *Le Transfert,* PUF, 1974.

7. Cf. l'article « Transfert » du *Vocabulaire de la psychanalyse* et, pour de plus amples développements ainsi que pour une réflexion personnelle proche sur certains points de celle que j'amorce ici, J. Laplanche, *Le Baquet. Transcendance du transfert,* PUF, 1987.

8. Cf. J.-B. Pontalis, « Sur la douleur (psychique) », *Entre le rêve et la douleur,* Gallimard, 1977.

9. S. Freud, *La Dynamique du transfert,* in *La Technique psychanalytique,* trad. fr., PUF, p. 60. Je souligne.

10. S. Freud, *Observations sur l'amour du transfert,* in *La Technique psychanalytique, op. cit.,* p. 119. Je souligne.

11. S. Freud, *Au-delà du principe de plaisir, op. cit.*, p. 57-58, in *Essais de psychanalyse,* Payot, p. 57-58.

12. S. Freud, *L'Interprétation des rêves, op. cit.*, p. 504. Je souligne.

13. Je ne reviens pas sur le commentaire du mot *Gegenübertragung.* Michel Gribinski s'y est employé dans une communication non publiée en rappelant que la préposition *gegen* n'avait pas le seul sens de « contre » (contraire), mais aussi celui de « près de » (proximité). Il en infère que le bon usage freudien du contre-transfert est de se mainte-nir auprès du transfert du patient et d'y réagir. L'ambiguïté du « contre » est soulignée par le mot célèbre de Guitry : « Tout contre. »

14. Cf. Ida Macalpine, « The Development of the Transference », *Psychoanalytic Quarterly,* 19, 1950, et Paula Heimann, « On Counter-Trans-ference », *Internat. J. Psycho-anal.,* 31, n° 1, 1950.

15. Cf. J.-B. Pontalis, « Sur la douleur (psy-chique) », *Entre le rêve et la douleur, op. cit.*

16. Cf., plus particulièrement, de H. Searles, *L'Effort pour rendre l'autre fou,* Gallimard, 1977, et de W.R. Bion, *Réflexion faite,* PUF, 1983.

17. Lettre du 22 mars 1927, citée par E. Jones, *La Vie et l'œuvre de Sigmund Freud,* vol. III, PUF, p. 335.

18. Paru dans le n° 41, printemps 1990, de la *Nouvelle revue de psychanalyse* (« L'épreuve du temps »).

19. Mots qui servent de titre au livre d'une grande portée qu'Antoine Berman a consacré à la traduction (Gallimard, 1984).

L'inquiétude des mots

1. Cité par Walter Muschg, « Freud écrivain », *La Psychanalyse,* n° 5, PUF, 1959.

2. Cf. *Traduire Freud,* PUF, 1989, p. 28 *sq.*

3. S. Freud, *Sur l'histoire du mouvement psychanalytique,* Gallimard, p. 46.

4. In *Trois essais sur la théorie sexuelle,* Gallimard, p. 168, note.

5. Cf., de Patrick Lacoste, l'article qui porte ce titre dans la *Nouvelle revue de psychanalyse,* n° 34, automne 1986 (« L'attente »).

6. Cf. Max Schur, *La Mort dans la vie de Freud,* Gallimard, 1975, p. 621.

7. G. Perec, *La Disparition,* Denoël, 1969.

8. Réponse de Samuel Beckett à un questionnaire du journal *Libération* : « Pourquoi écrivez-vous ? »

9. Sur ce point et plus généralement sur la question des rapports entre psychanalyse et écriture, cf. l'« échange de vues » entre Michel de M'Uzan et J.-B. Pontalis dans le n° 16 (automne 1977) de la *Nouvelle revue de psychanalyse.*

Table

Du même auteur

AUX ÉDITIONS GALLIMARD

Après Freud
coll. « Les Essais », 1968
repris dans « Tel »

Entre le rêve et la douleur
« Connaissance de l'inconscient », 1977
repris dans « Tel »

Loin, 1980
récit, repris dans « Folio »

L'Amour des commencements
Prix Femina Vacaresco, 1986
repris dans « Folio »

Perdre de vue
« Connaissance de l'inconscient », 1988
repris dans « Folio essais »

Un homme disparaît, 1996
Repris dans « Folio »

Ce temps qui ne passe pas suivi de
Le Compartiment de chemin de fer, 1997
coll. « Connaissance de l'inconscient »
série « Tracés »

L'Enfant des limbes, 1998
repris dans « Folio »

Fenêtres, 2000
repris dans « Folio »

En marge des jours
2002

CHEZ D'AUTRES EDITEURS

Vocabulaire de la psychanalyse
(avec Jean Laplanche)
PUF, 1967
repris dans « Quadrige »

Fantasme originaire, fantasmes des origines,
origines du fantasme
(avec Jean Laplanche)
Hachette, « Textes du XXᵉ siècle »,1985

repris dans « Pluriel »

IMPRESSION : BRODARD ET TAUPIN À LA FLÈCHE
DÉPÔT LÉGAL : NOVEMBRE 1999. N° 38981-2 (14185)

Collection Points